時計工場

シリーズ現代中国文学　詩

～中国のいまは広東から～

田原《ティエンユアン》　企画

竹内新　訳

みらい PUBLISHING

目次

沈魚

唐徳亮

遠人

丫丫

游子衿

張爾

李衡夏

王小妮

呉乙一

徐敬亜

謝小雲

謝湘南

陳《チェン》会《フィ》玲《リン》

広東翁源の人。広州在住。一九九六年創作を開始し、詩、散文、小説が『詩刊』、『星星』、『詩歌月刊』、『詩選刊』、『詩潮』、『創世記』、『作品』等の刊行物に見え、作品は多数のアンソロジーに入集。

消えてゆく

エレベーターが降りていって　仕事を失った同僚は
ビルの玄関から外へ消えていった
「理想を抱いていた人が　終に理想によって傷つけられた」
彼の背中は少し曲がり　その表情は
雨水が洗い流したあとの石の階段だった　憤怒は
もう中年によって摘出されていた　とるに足りないところの落葉を
焚く人はなく　それはまるで　かつては身を置いたのに
今は次第に衰え廃れてゆく業種のようだった
そうして彼のいた位置には　新入りがコップを置いている
私は我を忘れて凝視した
一切は消え去る　或いは間もなく消え去る事柄だ
雑草は小道を脇に抱え　村の外の川の方へ続いている
歳月は消えてゆく　親しかった人は　路上に押し合い圧し合いをするだろう

彼らは豪雨の空模様の顔をしている　それに対して
私は記憶するだけ　これまで引き留めたことがないのだ

不安

彼は探すことのうちに青年時代と中年を過ごしてきた
若い父親は暗いところに身を隠し
自身が急速に年老いてゆくのを見ながら
一度も温もりのある掌を差しのべたことはなく
高いところから　自身の不安に覆いをしていた
後になって　大海を航行し　その果てしなさのなかで
孤独に耐えるということがよく理解できた　強情のなかを
ゆっくり父親へと成長していった
彼は履歴ファイルには運命、鳩の群れ、きらめきと書いた

夜遅く眠る友人には一声　お休みと言った
だがひそやかな夢に大海の咆哮に呼応する術はなく
中年の人間の最大のわがままと言えば　南方の
雪を白髪頭いっぱいに降り積もらせることだけだった

バスの中の女

それは仕事帰りの人の乗るバス
夜もやや更け　混み合っているとは言えない
私は彼女の近くに立っている
彼女の顔は右の方に傾《かし》ぎ　目は閉じられている
つやつやしたきれいな顔をしている　だから
鏡のなかの雀斑のせいで溜息をつくことなど　あり得ないはずだ
それでも私はやはり彼女の年齢と

隠している秘密を見抜くことができる
彼女の睫毛《まつげ》は濡れているけれども
そこに激しく湧き出る涙が
ちょうどバスの揺れにしたがって零《こぼ》れることはないと　想像できる
彼女に今ちょうどひそかに婚姻からの離脱を企んでいる夫はいるだろうか
また愁いをワイパーのように
こそぎ落としてくれる娘はいるだろうか
黒いコートのなか　胸はかすかに起伏して
小動物が林中の小屋にやって来たかのようだ
この時　彼女はもしかしたら恋愛中なのかも知れず
或いは空しく不倫の心を抱いているのかも知れない
不意にやってきた羞恥によって私の憶測は中断され
バスは天河城に着く　彼女はタイミングよろしく目を開け
立ち上がって降りてゆく
私は彼女の座っていた位置に座り　顔は右の方に傾げる

窓外の広告の灯りは針の尖端のようにきらめく
目を閉じると　睫毛に湿りが感じられ
途中　私の心のうちは　悲しみが充満しているが
口の両端の湾曲は上向きになり
他人には　秘密を御破算にした顔が見えるだけだ

馮《フォン》娜《ナァ》

一九八五年雲南麗江生まれ。白族。中山大学卒、同大勤務。広東外語外貿大学創意創作センター特別招聘指導教員。著書に『無数の灯りに選ばれた夜』、『尋鶴』等、詩文集多数。作品は、英語、ロシア語、韓国語等、多数の国の言語に訳され、海外に紹介されている。

食堂客の信奉

南方にはこんなに何年もいるから
フグ、サソリ、ミズヘビを食べたことはある
オリーブ、オクラ、レモンの葉を食べたこともある
私の胃には　相性のよくない汁と微量の毒に対する
雑食動物の警戒心が保たれている
分かっているのだ
私にだって音楽、睦言《むつごと》、詩句が食べられること
ベジタリアンの説教とその信徒の伝道が食べられること

たまたま　誰かが寒冷の地から霧氷を送ってくれれば
私の胃は巨大な川床をセットする
こんなに何年も南方にいるから

まるで経書を復習するようにメニューをめくる
味覚がいい加減なのを忘れたみたいだ

食べ尽くすことのできるものこそ自分のものになる
消化することのできるものこそ客に信奉される

遠路

「ここからS市まではどのぐらいの距離でしょう?」
時間の地図で計測すると
「急行でだいたい二時間半
普通なら四時間かかり
ラバに乗るとしたら　一週間を要し
もし歩くなら　春までかかるでしょう」

途中には雪降る平原、やつれた馬の横を通り抜けることでしょう
もし誰かが酒を勧めたなら
決して宗廟の前を通ってはなりません
おお　そうだ　風は時には立ち止まり　一日にどのくらいの
道のりを吹いてきたのか数えてみるはずですよ

海水をますます青くするのは何？

私たちは以前に住んでいた遥かな土地のことを　シラサギが葦のぬくもりを抱くように
水が　シラサギのぬくもりを抱くように　話す
その傷を負った骨のこと　露《あら》わな背骨のこと　暗礁に停まる細い脚のことを
水中にふるえる音をこと細かに区別することだってある
そこには深い窪地と深い窪地が反響し合い　沼地が別の沼地にはまり込んでいる
私の故里では　水中のものをくっきり見ることができる

七日目には終に愛に殉じた人もひとまめとめにして浮かび上がってくる――
私がこのように言うとき　私は愛している
私がこのように言わないとき　そのときは恨んでいる
たとえ南方が必ずしも九月でなくても
海をますます青くする
私たちが互いに口を閉ざすとき
あなたが北方の大地で目にした水は河口に来て平穏を受け取っている

方《ファン》舟《チョウ》

本名、周柏。一九六六年生まれ。『東莞の庶民の間を歩く』等、詩集多数。第十回広東魯迅文芸賞等の部門賞受賞。広東省作家協会理事。

機械の郷愁

口にできない類の秘密は
機械たちの郷愁に由来する

機械の郷愁は
巨大な建物のなかに生まれ
流浪して落ち着く場所のない抒情時代は
密集型の運命のなかで
それぞれ同じではない痛みに触れている

製品の花びらは光を吸収し
太陽の慌ただしく運行する姿を吸収している
物質は機械の合唱へもどることができない
故郷は高く遥かに　機械の

あらゆる硬い頭を高く越えてゆく

誰がまだ真夜中に健やかな青春を祈るだろう
誰がまだ記憶のなかで桃の花といっしょに美しさを保っているだろう
誰が不眠の両手を
油に似た深淵に探り入れて
去年失踪した兄弟のことを問い合わせるだろう

空中にある本籍
暑くなっている本籍
誰が鋼鉄の胸のなかで
早期の作文練習ができるだろう
誰が空っぽにかぶせた蓋の上で
揺れ動くデマを掌握できるだろう

機械の郷愁は現在の建物のなかに
発生するのに
建物のなかへ入ってゆく人々はもう
そのことを忘れている

湖南の親戚

湖南の親戚は雪峰山の広大さがあるので　丘陵の形状であたりに広がる
九〇年代における経済の結合場所だ
彼らは蜜蜂のように群れをなし隊列を組み
また地を覆う茅のようにスッピンで天を仰いでいる
湖南の親戚　彼らの貧しさは私の貧しさに連結し
彼らの文化は　金銭の川の上流から離れられたことがない

彼らの習性は湿って粘り気があり
私の幼年時代を収集保存し　それを
見知らぬ人の前に行って興味津々で咀嚼《そしゃく》するように
以前の苦難を咀嚼しては幸福の前提条件にしている

湖南の親戚の刻苦の生涯は
早々に私の詩の奥地に入り込んだ
中国の詩はもう炎症を取り除くことができず
私の方は持病である語句の胃病がしょっちゅう再発するのだ
その度になでさすると　喝采する人のいない季節に
大汗びっしょり
彼らは　私の武昌南昌東莞での些細なことを数え上げ
そうして白くきらめく灯りの下で　私の気質や
些末で身に付けていられない文章のことをあれこれ言うのだ

湖南の親戚は私の名が冬の酒瓶よりは大きいことを知っている
彼らは　まるで気ままに幼名で呼びかけるように　気ままに手紙を寄こし
升目を埋める書き方で仕事上の消息を世間風に尋ねてくる
春節が過ぎると予定を積み重ねた大きな荷物を担ぎ
雪の降らない冬と乗客を引き裂く中型バスとを乗り越えて
積み上げてある古い出来事の数々を
同じ祖先の二番系統の我が客間のひしめくお国訛りの間に炸裂させる

春節が過ぎるととてもたくさん湖南の親戚が増える
春節が過ぎるととてもたくさん故郷の元の住所が増える
春節が過ぎると私は広東でいよいよ慌ただしくあくせくする
春節が過ぎると私は詩とは疎遠になる
ストレートに典型的な労使紛争に入る

湖南の親戚は付近の外資系企業で一年また一年

インフルエンザの発熱中に一時滞在証と休日出勤手当手続き転職して社長の月餅の御相伴
ことのついでに私に訊ねる　この詩は中国の雑誌に発表されるのかね

郭《クオ》金《チン》牛《ニウ》

湖北浠水の人。深圳龍華在住。第四十六回オランダのロッテルダム国際詩歌祭、ドイツのベルリン世界文化宮（ＨＫＷ）「ハンドレッドイヤーズ　オブ　ナウ」、第九回中国作協詩刊社「青春回顧」当代詩歌研究会に招待参加。

他省で働く

他省で働くには　田舎なまりを
湖北標準語に改めなければならないが
大抵の場合　他の人は　私には赤ん坊が
乳を吸う力を黙々と出すことだけが必要なのだと言う

四月七日　焼酎を一本提げ
失恋した李さんが花を訪ねたのを真似たら
羅湖区でくしゃみが出て　咳が出て　熱が出て
従兄に飛沫感染した　彼は注射をしたり薬を飲んだりしたくなくて
李白に倣って　顔を上げて　明月を眺めてみた

頭を垂れて　山あいの平地である汪家坳を思い浮かべたのだ

これが我らの世間　プレハブ宿舎　まるで窮屈なザルに
七つの省が住んでいるようなものだ
七、八種類の方言　石　ハサミ　布
七、八本の焼酎　三八度　四三度　五四度
七、八斤[1]の郷愁　ふらふらよろめいている　どの顔も蚊を
七、八匹飼っている

歳末[2]　大寒　従兄は
広東省の雨に濡れながら
風邪を深南東路　解放路と宝安南路まで拡大した
不動産王ビルは六九階　三八三メートルの
高さまで積み上げられた

①八斤＝〈一斤〉は五〇〇グラム。
②歳末＝旧暦。〈大寒〉は二四節気の二四番目。新暦一月二〇日か二一日。

夜をさまよう図

風に舞う土ボコリが　女の幽霊を乗せて
歩いたり停まったり
かろやかに　黒髪乱れて垂れて　ながく　ながく
三千の悲しみが　白衣《しろぎぬ》を着て
袖先のうすぎぬを翻らせるように

きっとビルの七回の窓にちがいない　現れたり　消えたり
彼女の秋波は　空中に浮かぶ蜘蛛の糸のやわらかな連なり
ある時は白い絹が懸かっている　ある時はチョウジの花が数輪咲いている
たぶん

一人の少女がそこで
垂直のビルの

垂直を　落下して死んだ
女の幽霊は　ちょっと停まろうと思えば停まる　行こうと思えば去る
きっとこの上ない美しさに違いない

きっと私は女の幽霊が気に入ったのだ　そう思う
聞けば　彼女の評判は芳しくなく　線香蝋燭紙銭　何もない

玉蘭路

玉蘭路には　一本の雑草も生えていない　私は
その清潔さが　気になっている
白虎には
秘密の美しさがあるのだ

気力充実ジュースたっぷりの表情　東路と西路　全長十六・五キロ
みんな私がやったところだ
玉蘭　ある人は植物だと言う
ある人はある娘の名前だと言う

螺旋溝の付いた形鋼がその身体を貫いている
交差点がその身体を貫いている
金物　電子　プラスティックが貫いてゆく
汗　涙　血が貫いてゆく
多数を養っている家畜が貫いてゆく

玉蘭路
海の波が紺碧の陰唇を開いた　白雲が
ガラスの上を行ったり来たり　拭いている

黄《ホアン》礼《リー》孩《ハイ》

出版詩集、『運命について知るところはとても少ない』、『抵当に入った激情』、『飛ぶ鳥に虹を食べさせる』（英語版）、『誰も稲妻より速く走れない』（ポーランド語版）等多数。二〇〇五年、「詩歌と人・国際詩歌賞」を創設、世界に知られる。

誰が稲妻みたいに速く走れるだろう

川の流れは私の血の流れのようだ
場所を移動する道々
私の喉の渇きを理解している

私は貧しさを生き切ろう
時代のジャングルは今にも緑になろうとしている
何が私の襟元を濡らすのだろう

ジャングルは飛んでいる
私の心は疲労のなかで揺れ動いている
人生は一度きらめいた稲妻みたいに短いが
まだ悲しむという程ではないから
もっと駆け回れと生活が催促するのだ

我が土地のなかの明るい旅

顔を上げて　生活に飛び込めば
広州の葉っぱは舞い上がりそうに軽くなる
あたふたと忙しい指は光のなかにきらめいている

道が水辺の木陰を通るときは
女の子が花束を抱えてさっそうと行くのが目に留まる
世界が
身の回りを横向きに通り過ぎてゆくように見える

生活は
何故どうしても明瞭なものにすべきなのだろう
もしも彼女が私に奔走することを選択させるならば
私は飛ぶことを頑張り続けるだろう

水を担ぎ　薪を割るように
手紙を書き　詩誌を編集し
滞りなくシンプルな生活を送るだろう

もしもこれが何とか生活の微かな光になるならば
私はやっぱりこの場所を　一生にわたって
往来するところだと見做《みな》したい

それは速度がもたらす賑わいから抜けつつある

天賦の才と埃の間で　蝸牛は頭に雨雲の夢を載せ
ゆっくりとナガミパンノキを移動して　湿潤の地へ向かっている
目を最下層に住む蝸牛に向ければ　そのような生活は
蟻でさえ嫉みによる空想は生れようがないのだ

生活は神の顔かたちを渇望したのに　それ以上に飛び散る泥の花の芳しさに慣れていた
運命がどのような眼差しを己に与えても　その生活が左右されることはない
自分一人でこの世界を哀悼する　時間が腹這いのかっこうをしていることを
知っているだけ　心のこもった尊敬の念を身に帯びている
それは一生かけて速度がもたらす眩しい輝きから脱けているのだ

盧《ルウ》衛《ウェイ》平《ピン》

男。当代詩人。出版詩集に『異郷の鼠』、『下へ成長する枝』、『持ち場に就く』、『濁酒の杯』、『空を開ける鍵』、『一万もしくは万一』、『意見ノート』、『私の後悔はこの石に花を咲かせる』等、十冊がある。

引き離す

酒瓶は眠り
テーブルには私と骨だけが残され
鋭く尖った歯に噛まれた骨の
傷口を開けてしゃべるのが聞こえた
そいつは私を恨むことなく　私に御機嫌伺いをして
外出したらあまり酒を飲まないように
夜が更けたらお腹を冷やさないように
街灯の下で自分の影を見ないようにと忠告した
そいつは懐かしむのだった　それが田舎でのことだったとしても
素焼きの甕のなかでの出会いだったとしても
命懸けで肉と頼り合う日々がどれほど幸福だったことか
そいつはいつ標準語を習い覚えたのだ
でも私はやっぱりそいつの巻舌音のなかに田舎なまりを聞いた

私は同郷の何人かと飲んで
そいつから肉を引き離したのだ
今はもう　同郷の人たちは行ってしまった
もう永遠に戻って来ないかも知れない
私たちは誰が骨であるか　誰が肉であるか
私たちが歳月に噛まれ
骨と肉とに引き離されたら　誰がここに留まって
私の骨が方言でありふれたことを喋るのを聞けるというのか

果物街でリンゴたちに出会う

それらは確かに木に生っているものではないが
全部リンゴだ
それらを団結させるのはそれで充分だ

身体と身体を寄せ合い　互いに暖め合い　互いに香り合う
ドリアンのような　自分でも鼻持ちならないというのではない
全身から棘を出して　他から身を守るというのでもない
ほほ笑むそれらを遠くから目にするだけで
皆　近寄る私を待ちながら　田舎の少女がうつむいて
顔を赤らめるように　顔を赤らめている
桃が　赤らんで浮ついているのとは違う
苺が　赤らんで生の臭いがするのとは違う
最も清潔で最も健康な果実
善良な果実
最優秀のものが必ず最も人目をひくところに立って
都市からの選択を受け入れる
それらはリンゴのなかの幸せ者　誇り高き者だが
どれだけのリンゴが生涯都市に入ったことがないのだろう
もうすぐ年越しだ　それらのなかから最も家を恋しがっているのを幾つか選び

故郷へ持ち帰って　見せてやろう
大雪の舞うなかの白髪まじりの父と母を

ガラスを拭く人

蜘蛛よりも小さく
蚊よりも大きい
私には彼らが蝿にしか見えない
天にとどく高層ビルに貼りついている
ガラスのピカピカの光が
彼らの暗さを際立たせている
もっと正確な言い方をすれば
彼らの暗さがガラスを輝かせている
私には彼らが落ちてくるなんて心配のしようがない

彼らを括りつけている綱は
そう簡単には彼らを
人の出勤退勤する路上へ逃がさないだろう
彼らを見ると
繰り返し一つの疑問ばかりが湧いてくる
最下層の生活をしているのに
どうしてあんなに高いところまで行かなければ
稼いでこられないのだろう

世《シィ》賓《ピン》

詩人。批評家。一九六九年十月生まれ。『伐採者』、『夢想及びそれが知らせる世界』、『海の沈黙』、『躊躇い』、『批評の尺度』等、多数の著作を著している。「完全無欠の創作」理論を明言する者であり主要な呼びかけ人。『完全無欠の創作』主編。

光は上から降りてくる

この大地を信じるべきだ――痛みと愛は
肉体と同じように咲き乱れて　いつまでも終わらない
光を信じるべきだ　光は上から降りてくる
私たちの体内の最も柔らかな所から
厳かに放たれてくる

大地は万物を収めている――高い所と低い所に
連綿として絶えることのない痛みと愛を収めている
暗闇が発する光を収めている
――光は上から降りてくる　悪習を一つもまとわずに

あのように遠く　又あのように近く
ほんの少量なのに　世界を包んでいる

光は上から降りてくる　悪習一つまとわずに
光は大地を光源に変えている

詩

その声は遥かな高みから伝わってくる
見え隠れに　微かに　密集する人混みとコントラストをなしている
その色は白銀　澄み渡り　雲間から射してくる光のようだ
白馬が地を蹴って走り過ぎる　後姿は
遠い昔の市井の賢者のエコー
詩は高みにある　雲の頂に姿を現したような観音菩薩
手にしているのは白磁の瓶　柳の枝　めぐみの雨
――詩には三千世界が盛られている
地上の痛み　涙と号泣のすべてが盛られて

高みにある神経を揺さぶる
だが菩薩は菩薩らしく厳正であり　微笑みながら
人々が歯を食いしばり　もがき苦しみ　哀願するのを見つめている
──生活の困窮を理由にその姿勢が左右されたことは一度もない
彼女は微笑みで他の存在を慰める
ほっそり白い指からはめぐみの雨を散らし
号泣に慰めをもたらし
熱狂する頭を平静にする

心の川の木霊

リルケ　ツヴェターエワ　ツェラン
彼らの歌う声は　深い悲しみのなかから振り仰いでいた
空高く響きわたり　超越し──苦難の二十世紀に

何ものにも左右されなかった

その歌は　紙の上に凝固して　人を狂喜させ　奮い立たせる
その歌は　私の心の川の木霊のように
石の原に絡まり　曲りくねり巡っている
三人のうち　とりわけ心をひかれるツヴェターエワ

碗のなかには　ロシアの風雪
流刑地の兵舎では　息詰まる拘束
だが決して彼女を絞め殺すことはできなかった
苦難の地平線に　山がひとつ立ち上がった
彼女は歌声で自分の肩から山をひとつ立ち上がらせた

私と彼らの間は　半世紀の目まぐるしい変化に隔てられているが
依然として彼らの奥深く澄み渡った声が聞こえてくる

私は心でその言葉を聞いている　心を傾けている
たとえ　それぞれの民族の深い悲しみや
言葉の壁や跳び越えようのない日常に　隔てられていようとも

唐《タン》不《プウ》遇《ユウ》

一九八〇年、広東揭西生まれ。珠海在住。詩集六冊を著す。「詩建設」詩歌賞新鋭賞、中国赤子詩人賞、広東省魯迅文芸賞等を受賞。

最高の祈りの言葉

世界には数え切れない祈りの言葉があるけれども　どれも
我が四歳の娘の祈りの言葉のような
無私　善良には及ばない
彼女は跪《ひざまず》き　けむりに包まれて両目を
わずかに閉じた観世音に言うのだった
菩薩様　どうぞ御身体を大切に

ここ数年

ここ数年　君は決まって夜中に目をさまし
台所へ行って水を飲み
沈黙が包丁を研いでいるのを目にする

応接間を通ってテラスまで行き
空を仰ぎながら煙草をくゆらせ
星を幾つか大地へ献上し
煙を数本暗闇に添える
そうだよ　ここ数年
生活に潜む火種が
まるで赤ん坊のように動きまわり
燃え残りの老年に声をかけてくるのだ
君は応接間を抜けて寝室へもどり
夢で自身に出会い　そうして歯は舌に出会うのだ

ミヲシュ①生誕百年

地平線のその辺り　誰かが落ち葉を焚いている

その光は地平線をいっとき明るくしただけだった

だがそこでは　落葉は地上に積み重なり
木の高さを越え　家の高さを越えている

それを燃やすのは
危険すぎる　火は危険すぎる

人類は暗い葉脈のようにベッドに落ちた
屋根に騒ぐ鳥の鳴き声は

透きとおる燃え残りをまき散らした
あなたにとって　死とはつまり

飛び散った火の光を集めて　再び燃やすことなのだ

①チェスワフ・ミヲシュ＝一九一一〜二〇〇四年。リトアニア系ポーランド人。詩人・作家・エッセイスト・翻訳家。フランスへ亡命、後にアメリカに移住。一九八〇年、ノーベル文学賞受賞。

楊《ヤン》克《コォ》

人民文学出版社等から十六冊の中国語詩文集を出版。日本の思潮社等、七ヶ国の出版社から七種の外国語詩集が出版され、十五の言語に翻訳されて国外で発表される。イギリス、ルーマニア、中国大陸と台湾の十余りの文学賞を受賞。中国作家協会主席団委員。

人民

賃金を要求する出稼ぎ労働者たち。
手掘りの大平炭鉱から伸び出ている
損傷を被った百四十八人分の掌。
売血でエイズに感染した李愛葉。
黄土の高い傾斜地で羊を放牧する与太者。
指に唾をつけて金を数えるお喋り女。
理髪嬢、合法ではない性サービス者。
都市管理当局とゲリラ戦を展開する露天商。
サウナを必要とする
小経営主。

自転車に乗る通勤族たち。
することもなくぶらぶらしている者。

酒場の放蕩息子たち。茶を飲んだり
小鳥の世話をしたりする年寄り。
人をすっかり困惑させる学者。
ひどく酒臭い酔っ払い、ギャンブル好き、荷担ぎ人夫
セールスマン、農民、教員、兵士
御曹司のお坊ちゃん、乞食、医者、秘書（兼愛人）
職場の三枚目或いは
脇役。

長安街から広州大通りまで
私はまだ〈人民〉に出くわしたことがない。
卑小な話をする無数の身体を目にしただけだ。
毎日バスに乗り
互いに暖を取っている。
それを使用する人間は

それがまるで汚れた小銭であるかのように
眉に皺を寄せて手渡すのだ、社会へと。

広州　東西南北のうち

金儲けなら広東——俗謡

北から南へ　我が人民大通りは天へ通じ
列車の向かう方向は運命の方向
言い表しようのない興奮の　純朴な顔には
祖国のいよいよ本当の姿かたちが現れている

当てもなくぶらつく者は　駅前広場へ来れば
間違って部屋に飛び込んだ鳥　慌てふためいて何かに衝突するが
どんなに疲れても　この美しく豊かな都市から逃げ出そうとはせず
身なりをきちんと整えた品のよい人が陽の光のように

透明なガラスのなかを翔けるのをねたみ羨んでいる

紙幣計算機が大量の札をめくる音を想像すれば　それは
この時代の最も妙なる魅惑的な楽の音　つまり誰かが聴くことができるのだ
つまり誰かの欲望が無数の色とりどりの花を咲かせることができるのだ
珠江デルタに向かって進む　数え切れない人がそのようにして見えなくなる
一陣の大雨が土地に吸い込まれる

長々しい白日夢を過ごすだけの誰かもいる
始まりは苦難　終わりも苦難
またしても列車の向かう方向が運命の方向だ

駅

駅は大都市が古いものを吐き捨て
新しいものを受け入れる胃だ
広場とはその巨大な潰瘍
出口はまるで下水道そっくり　善人悪人良品粗悪品が入り混じって排泄される
でもあんなに多くの善人は　米粒と同じように質実健康なのだ

十二種類の方言の衝突が正午の鐘を鳴らそうというとき
十二人の不法流入者は同時刻に方向を見失う
金儲けをしたくて羊飼いの男は北から南へやって来たが
人混みの押し合い圧し合いのうちに初めて人の孤独を知る

きらきらの広告看板はメルヘンをダイヤモンドのようにきらめかせる
描かれている娘は家が恋しいだろうか?

吹き過ぎる風と移動する人　その慌しさ
鬼ごっこに夢中なのは警察と犯人

排気ガスと騒音が鉄柵を覆い
平坦な一等地には姿を見せない落とし穴が一面に散らばっている
機先を制して要害の高地を占有する戦闘が一日また一日と突発し
空の雀までも戦々恐々としている

鉄筋コンクリートの夢が四方に向かって拡大し
成長しきれずに元のまま少しだけ残されたその場所の映えないことよ
一本一本の大動脈は遠方へと通じてゆき
発育不良の心臓が一つ寂しくぶら下がっている

鄭《チョン》小《シアオ》瓊《チオン》

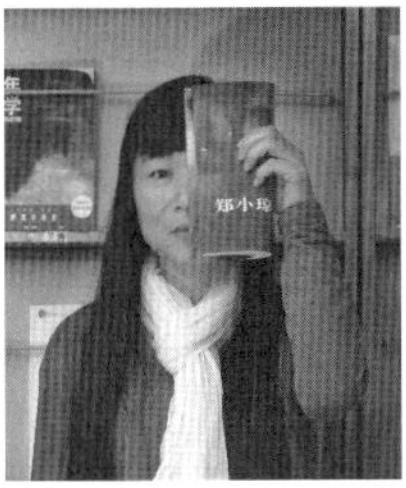

一九八〇年生まれ。出版詩集十四冊。幾篇もの作品が、独語、英語、仏語、日本語、韓国語、ロシア語、スペイン語、トルコ語、ベトナム語、インドネシア語等の言葉に翻訳され、その詩句には一再ならず国外の芸術家により、それぞれのジャンルの曲が付けられ、演劇が米、独等で上演される。

駆け回る

生活は駆け回るうちにしくしく泣き　秋風は彼の長い髪を吹き上げ
生活には余計な大切な思いの数々を太平洋へ吹き入れてしまう
風に吹かれている人は懸命に駆け回り　前方を行く生活号の便に
割り込もうとずっと思っている　その人は　私の彼氏
よその土地から黄麻嶺へ流れ着いた出稼ぎ者
工業団地を六十五日間奔走しても仕事を見つけられなかった人
肉を挟んだパンはきっと運命のなかにあると依然として信じ続けている人
ちっぽけなその村で　その素晴らしい前途が彼に差し出されたと言っていた
彼と数枚の薄っぺらな略歴とは互いに頼り合って前進してきたのだった
彼は変わることなく生活に対する情熱を抱き
たとえばレイシ林の恋人たちのことや　彼の出会った同じ運命の
流浪者のことを私に話すことができた
ある時は一時滞在証の検査に遭いすんでの所で捕まりそうになり

また歩道橋でストリートガールから私を欲しくない？　と尋ねられた時もあった
もっと多くの時間　彼はまだ遥か彼方にある理想のことを小声で話していた
彼がずっと変わることなく私に話したのはもっぱら理想だった
でも私が灯りのなかに見たのは彼が理想のなかで涙をこらえる姿だった

鉄

ちっぽけな鉄　柔らかな鉄　風音が吹きつけ
雨が打ちつけ　鉄は錆の出た怖じ気と気恥ずかしさをさらけ出している
去年という歳月が　針孔をぽたりと漏れる時間のように……こぼれ落ちている
まだ幾つもの鉄が夜のなかで　倉庫にさらされ　作業台に……鉄たちはどこへ
行こうとしているのだろう　一体どこへ行くというのだろう？　幾つもの鉄が
深夜に自問する　何かが
さらさら錆びになっている　誰かが夜のなかの

鉄のような生活のうちに　生活の過去と未来を受領している

他に何か錆びないというのだろうか？　すでに去年コンテナ輸送トラックに従って
遠くへ行ってしまったのに　今年もやっぱり指の間を流れて移動している
明日はもうすぐやって来る鉄だから　図面を待ち
作業台、注文票を待つ　でもこの時　私は一体どこへ　一体どこへ行こうというのだろう
「生活はコンロの火が燃えて輝き　湧き返るのによく似ている」
私という他郷の者の怖じ気はちょうど身体のなかの錆び
私　一人　もしくは一群の人々

手に馴染んだ鉄　何年も沈黙している鉄
常に遠く離れている鉄　常にもどって来る鉄
時間のさらさら流れるうちに　錆び　遠くを眺めて
身辺にある鉄格子の窓のように　そこに根を下ろすことを渴望する

生活

あなたたちは知らない　私の姓名は一枚の就業許可証のなかに覆い隠されてしまっている
両手は組み立てラインの一部分になり　身体はサインした契約書に
預けられた　髪はほんとうに黒から白に変わり　喧噪　奔走
残業　給料が残され……白く静まり返る照明にくっきり
見える　疲れで気の滅入った影が作業台にたたずんでいる　それはゆっくり移動し
向きを変え　弓なりに湾曲し　鋳鉄のように押し黙っている
ああ　手話する鉄　他郷の人の失望と悲しみがびっしり掛かっている
時の経過に錆びてゆく鉄　現実を前に身を震わせる鉄
――私には分からない　声のない生活をどのように守ってやったらいいか
姓名と性別を喪失したこの生活は　丸抱えという条件にサインしたこの生活は
どこで　どう始まるというか　八人部屋の寮の鉄骨ベッドの月の光が
明るく照らすのは郷愁　それとも機械の唸り声のなかでこっそり目配せした恋
それとも給料カードに横付けにされたる青春　この浮世の上っ調子は

か弱い魂をどう慰めるというのだろう　月光がもし四川から来たものならば
青春は幾らか明るく思い出されるのに　一週間七日の組み立てラインに消えてしまい
残されるのは図面　鉄　金属製品　あるいは白い色の
合格証　赤い色の印の粗悪品　白く光る照明のもと　私はいつも通りに
孤独と傷みをこらえる　それは慌しさのなかで熱を出して長々といつまでも……

女工―取り付け椅子に固定された青春

時間が巨大なくちばしを開けている明るい月明かりに
作業台上の疲れて暗く濁る心のなかの凶悪さ陰険さも錆び付いてくる
壁のようにそそり立つ山の崩れた泥と砕けた石がザーザー身体を流れている
女の体内の逆巻く川の流れには時間の切れ端がすき間もなく放り込まれている
混乱する潮は季節通りに満ち引きのないまま取り付け椅子に座っている
流れてゆく製品と時間は交錯してこのように急速に丸々呑み込むのだ

十年も水のように流れて年が増える……途方もなくうんざりする思いを
頭のなかに漂わせながら……何年も検査の見張り番をする
ネジ一つ二つの向きを変え左を見て右を見て
夢想と青春を製品の一つに固定して見ている
灰色の青春は内陸の田舎から一路沿海の工場へ
駆け込みそれからもずっとずっとアメリカのどこかの商品棚まで行く
疲労と仕事から来る疾患は肺に蓄積し
喉の辺りに挟まりもう時の経過に応じてはやって来ない月経
激しく咳き込む工場と遠く離れた経済技術開発区
緑色したレイシの枝は身の回りにあるこの機器によって切り倒されたのだ
身震いして……彼女は赤く腫れた目の窪みをこすりこすり自分を
流れてゆく製品の間に組み入れる

阿《アア》翔《シアン》

一九七〇年生まれ。詩人。著書に『少年詩』、『全ては原初のように完璧に流れ去る』、『一篇の詩の戦慄』、『詩と伝奇』等がある。深圳在住。

祝祭日に便りを読む計画

便りが届くのは昼夜を分かたず　だから受け取りは祝祭日がよい
不眠対策の一つにもなり　届いたら　多分
落ち葉が新たな選択の機会になるかも知れない

まさしく君からの便りが落葉に始まり
そして深い裂け目へと拡大するかのように　昼の間の信頼よりも
一層のカウントダウンをし　暗闇の力の侵食を遮っている

私が選択したのは　不眠の間　私は選択しなくても
よいということ　天が与えた自己修養は言うに及ばず
気分だけが君を占拠している沈黙では既に比べ物にならない

一番の口実は寄り集まること　鼓舞できるかもしれない

君は以前より自然の音に近づいてゆく　神秘の友情に
うっかりミスをしたことはない　これは芝生から来る記憶に波及していく
届いた便りに力を借りれば　私は君があら捜しをするのが理解できるようになる
同様に　君の秘密の詩学が　葉の落ちる前に
敏感な問題を糾《ただ》すために駆けつけるのが理解できるようになる

不眠は深淵を継続し　まるで白雲の虚無が身の回りを
誤魔化すかのようだが　君の内情まで誤魔化せるとは限らない
正確に言えば　定めなく動く音楽は起点にいることがないのだ

もしかしたら　こういう原因なのかも知れない　重要な話は
口にしていない　祝祭日のダラダラした長い渋滞は延長することができる
まるで落葉が　もっと多くの雨と広場の訛りを招きよせるかのようだ

彼我の伝奇

記憶は終点まで来て　自身の仮装へもどるのだ
例えば夏が過ぎ去るまでは　夏の長々と続いて終わらない様は見えてこないのだ

人と現実は互いの苦しめ合いに耐えられない
必ず互いの間に病の面積の違いを見つけ出すだろう
別の所で　一般に詩と言われるものが　しつこい騒がしさを
日常の背後へと減らす以上のものではない　というのとは似ていない

最も平安であるもの　それが身近な果実であるとは限らない
このとき　経験豊かなものが　一角獣の霊魂を捕らえられるとは限らない
我らに匹敵する深い海も　彼我相互に探り合いの孤独とは
比べものにならないだろう　だからどのような時も
舌先は乾いた焚き木の火よりも一層曖昧で　微妙に半分明るく

そしてもう半分は夢に沈んで　ちょうど
両者間の開きのような縮図を見て　気に入るのだ

生活は生活の外にある　だが私は広場の死者を用いようにも間に合わない
窓のない部屋を見回すには　君はもっと気を付けなければならない
風が吹き草が揺れても　燃え残りには自ずから方法があり
物的証拠を誤魔化すのだ　楽しみは語らず　原因は語らず
秘密はとても多いらしく　我らが時間へ残す　その数は多いとは言えない
緊迫感をはっきり見せつけ　列車の速度によって
トンネル内の真っ暗な国家を通り抜ける

我らは節目ごとに歩調を合わせるが　カンナでも喰い込まず
我らの骨格の完璧さは　見えない世界よりもわずかに劣る

夜半の篝火計画

君はきっと見知らぬ篝火が好きなはずだ
それは夜半の典故《てんこ》に忠実だ　君は必ずしも知っている訳ではない
典故には　二度と陽の目を見られないところから
やって来ただろう巨大な静寂があるということを　例えば　音楽に沿って
火元から始まるとしても　それはやっぱり元は冷たい焚き木なのだ
だが燃え上がるときも　暗闇を遠路やってきた静寂を
賛美で囲んでやれるなどと保証はしない
多分そうなのだ　君は我らよりビールに忠実で
重んずるのは単独の意義で　君が
我らの外にあって　夜半について精通し
技術を任用するなら　それは換言すれば　君と篝火のあいだには
新鮮なレベルが生れるということだ　篝火に
跨れば　少なくとも君は見知らぬ真心に追いつくことができ

舞踏に波及し　それは天賦のものが我らと関わりのある見栄えを
レンタルしたのだ　美それ自体は
夜半の極限　神秘の衝撃波のものだ
似ているものが余りにも多くて
天賦のものをとても多く含む形状は　あたかも世界が
君という小さな範囲だけに限定されて　暗闇の心臓へと隠れ入る
かのようだ　と断定してよい　時には　枝葉の繁る遠方が
暗くてはっきりしない顔に懸念をほのめかし
君は　微小は微小のレベルに過ぎないことを発見するだろう
ちょうど君がさらに沢山焚き木を足しても　火は大喜びのなかで
それ以上いささかも高さを変えないのに似ている

呂《リュー》布《プウ》布《プ》

女。八〇年代生まれ。陝西商州人。詩人。プランナー。著作に詩集『雲の来るのを待つ』、『心の中の赤道』、『幽霊飛行機』がある。深圳在住。

杖境方生（境に杖《よ》れば方に生くべし）

日暮れの大雨が急に止んで空の果てを広く赤らめ
人にちょうどいいキラメキが腕の上で揺れ動いているところ
永遠の時間の到来とともに　実際に行われていたあの旅行は
ひょっとすると今の黄昏と全く同じなのだと確かめるが　その意義は
逝くときの長方形の暗さによって否定される
この地とかの地がいつも得ている静けさが
何故私の思想が懸命に保とうとする水位より相変わらず低いのか分からない
オーデン①の文脈を抜け出ると　もう長いことテーブル上に待ち伏せの笑い話が
うす暗さを明るさに導き　無邪気で大らかな酒談義は
長らくごぶさたのドウィノの悲歌②を遠ざけてしまい
ひとたび無理なく私たち一人一人の方へ迎え入れた覚悟は
永遠に逃げ去り　君の人を不快にさせる表情は私がでたらめなのをはっきり示している
現在やっと悟った　私を押し潰すものは

早期の文章書きの能力が触れる問題なのではなく
一方向の運動量という観念であり　最終の道だ
出来上がっている計画のなかを通って頭を振り向けると
意義は以前通りに孤独の始まりに立っている
毎日の経文は後で獲得し圧力を除いた奥義を受け取ることができる
それを書いてもどのみち私たちの意義の現実に合わせられず　「意義」はここで現れる
私も結局その回の夕食の移動はさっぱりだろう

①オーデン＝一九〇七～一九七三．英の詩人。米に帰化。
②ドウィノの悲歌＝リルケ（一八七五～一九二六）の詩。

北京で朝陽溝と呼ばれる水路を見る

郷里の土塀のツルのようにくねくね延びている
それはスベリヒユが風のなかを一面に移動したのであるらしい
モスグリーンの頭を上げて　身体は馬の手綱
雑草が覆うなかで心が唖然として声が出ない水路だ
この地の散歩では　三人の子供が帰り道を
守り　秋の蛇が最もうすい音を滑り抜け
私の腿は引き攣り　震えながら機知を保っている

もっと遠くの場所へ行く時間はほとんどない
家が山の方へ傾いているのを見て
遠くに山を見　灰青色の空を見て
中庭に引き返し　菜園に直立する長ネギを見る
蓮の花は本堂の前に満開

和尚の膝が　落ちた心経でいっぱいになっているのを見
庭の上空の雲が　他と比べて
どの一片よりも白いのを見る
見よ　若い人こそ自分に対する励ましはあるはずだ
だが明日のホコリはすでに呼吸に融け込んでいる

南下の準備をする鳥たちは
オクラをオフラインで若干受け取る
黒い色で　旋回して　木陰に覆われている
時が過ぎ去るにつれて
葉ごとの影のふるえを除けば
野菜と果物は　少しばかり沈黙し　少しずつ黄ばみ　危険或いは復讐を
駆動する　それらは必ず既知の運命を有しなければならない
ただし顧城①の白樺が戸口に佇んでいるので
秋の夜　人にこのような感覚をもたらすのだ――

夏の庭園で　私たちが待っていても何も来ない――
時刻

①顧城＝一九五六～一九九三．北京生まれの詩人。

以前の生活

何かを記憶したら　たちまち何かを忘却しただろう
恋人たちが建てた家
そこでは彼らの暮らしが営まれただろう
彼は牧畜の仕事に力を注いだ
牧場を広げ　家畜小屋を修理し
風のなかで馬や牛を訓練し
秋になれば魚を捕らえ　フクロウ或いはタカのことが

気掛かりだった
彼女は貿易風と光沢のある水面を追い求め
夏には美しく精巧なナイフで李を切り
それらの輪郭のうちの尖った先端部分を描き
彼女が筆を起こす弧度によって李の
糖度を判断した
つまり　彼女はずっと彼の傍らで眠り
クスノキの投じた緑陰を楽しんだ
沈黙のなかに激発が生じ　木を揺さぶるために
雨も降り　ファウストに応答するためにも言うのだった
こんなに何年もの間　他人は私たちのことをどう思っていたのだろう

林《リン》馥《フウ》娜《ナア》

著書に『私は果てしない悲喜を帯びている』等の作品集七冊、主編詩集二冊がある。作品は『世界文学』等の刊行物に発表され、一部は多種の言語に翻訳される。国際潮人文学賞等を受賞。

故郷

遺されたものを手にとると
おまえの幼年時代は私の手のなかでホコリがきれいに洗い流される
ピンクの子豚青い小象大熊小熊ピカチュウが
回転木馬にまたがって空中を翔けている

マクドナルドと書かれたお年玉を後ろに隠しているおまえが
私の前でゆらゆら揺れている
手を差しのべようとするのは何度も我慢したけれども
抱きしめるのを惜しんだことは一度だってない
硬骨のやさしい男子坊やは終には万里の長城なのだ

いま　異郷の陽の光がおまえを照らし
それらを照らしている

歳月の痕跡となったものを拭いてピカピカにすれば
共に分かち合う幼年時代は　愛しい心の故郷
チッチッと鳥がさえずり　天地は明るく澄んで

手紙

その時代私たちは頻繁に手紙を書いた
まるで毎日が約束を守ることと手紙を出すことの内にあるようだった
今郵便車はまばらだ　人々は口先では言うが　それが信用できる訳ではない
たくさんの心情が路上へと捨て去られている
ハイスピードの速達だけが
物を東から西へ移し　南から北へ運ぶ

でも私は手紙の抱かせる期待感のとりこになっている
手紙を詩作の場とし　そうしてネットのポストに投函する
もしもそれが紙上の活字に変わるなら　それこそ
言ったからには約束を果たすというフィードバックなのだ

ちょうどさえずる燕のように
また春へと期日通りに飛んでくるということ
もしも充分に長い間と言えるほどに長期間書いたなら
私は手紙の編年史作者に他ならない

一人　信用を失ったこの世界を前にして
私は心から固く誓う

葉書

はにかんでいる女と
その後ろで笛を吹いている男
絵のなかで惹かれあい寄り添いあっている
その年　それは陽のなかを緑の風に乗って飛んできた
私はそれにセンチメンタルな詩を書いた
だがその時　誰も言わなかった
詩には属するところがあり　絵には委《ゆだ》ねるところがあると
掌には有るか無きかの凧糸が残っている

藍《ラン》紫《ツー》

中国作家協会会員。広東省文学院契約作家。詩歌、評論、随筆が、広く『詩刊』、『人民文学』、『十月』等の文学定期刊行物に見られる。主要著作に詩集『別の所』、『低く埃の中へ』等四冊、詩論集『痛みの詩学』、『絶壁クライミング』、詩歌フォト集『視覚のポエジー』がある。

自ら励ます

覚えていなければならない　蛇口は毎日しっかり捻《ひね》り
食糧は一粒でも節約し　その日のホコリは全部掃いてきれいにしよう
太陽の下に露出した草の根のことをしっかり記憶し
それらに代わって痛みと涙を書き表さなければならない
物乞いが唐詩の城門の
見張り番をするのを尊重しなければならない
子供のように笑って泣いて　癇癪をコントロールしなければならない
太陽が温もりを分配するように
毎日の快適さを注意深く不足なく配分しなければならない
涙および心身の苦痛に感謝しなければならない
神を信じなければならない
知らなければならない　さすらいとは運命を負っている故の慣性なのだ
自分で自らを清らかにして　罪業から脱け出さなければならない

心から生命を愛さなければならない
たとえ死んでも　優雅な悲しみを帯びていなければならない

事物が幾つも身の回りを通り過ぎる

窓辺を明るく照らす月は　依然として天地の始まりという始まりの
その一輪　階段を通り過ぎるコオロギは
何年も前に夢のなかを行方不明になったままの　その一匹
遠方の流水と石は
互いに唇を交わしながら一生を終える

湖水が捧げ持つ波風の立たない穏やかな鏡からは
優美な姿の水鳥が空高く舞い上がり　蝶が透明な羽を
合わせ収めたその背後の廃墟には　今ちょうど

繁栄し活気あふれる都市が　形成されている

沢山の事物が身の回りを通り過ぎる　春から秋になり
花が咲いて散り　葉が緑になって散り
そうしていつも私は次第に老いてゆく事物をこよなく愛している
もしかしたら時間の内からもっと多くを得たいだけかも知れない

建築労働者に

隠れて見えない　高層の建物のなか　シーンとしている窓の奥
人混みのなか　月の光のもと
後ろに林と川があって
積み重ねられたばかりの外壁にその記憶はなく
鉄のドアには真っ白なペンキがしみ込み

血は冷え冷えとしたガラスを通って消え失せる

私たちは無様なしくじりの隠喩に過ぎず　生活は
紙の上の虚構の嵐に過ぎない
そこに　私たちに退廃を差し出すような
夜はない　私たちに一時滞在を提供するような
軒下はない

そこにある鉄釘の幾らか　ドア　灰色の石灰
コンクリート柱の高くそびえるガランとした空虚
一日経てばそのたびに消えていなくなる

身体

彼女はもう一つの身体を探し求める　楽しみを糸口にして
彼女はもう一つの心を探し求める　闇夜の苦しみをパスワードにして
彼女はもう一つの道を探し求める　夢想のなかに　孤独のなかに

アオギリは葉に鳴く蝉の声を使って　彼女の沈黙を招待する
一日一日が壊れて見えなくなってゆく
彼女は皺を未来へ手渡し　暗夜へ掌を差し出す

抵抗する力のない歳月のなかで
だんだん年老いてゆくその身体のなかに　卑小な魂が潜んでいる
彼女は肝っ玉が小さくて臆病で　人混みのなかへ消えたいと常に渇望している

阮《ルアン》雪《シュエ》芳《ファン》

中国作家協会会員。『振り子とドア』、『記憶の樹冠にて』等の詩集を出版。広東省有為文学賞「桂城杯」詩歌賞、深圳青年文学賞等を受賞。

梣《トネリコ》

毎日の出勤には　路線バスに乗るから
どのみち広州沿江東路を通る
車がカーブする度に
川端の何本かの梣は
どれも首をのばし
私の目の奥をのぞき込み
私の生命のなかにある木々の影を探すことだろう

私が　暮らしてきた都市を思い出し　知り合った人が
経験した出来事を思い出せば
それらが何かの時に　瓜二つの様で出現して
愛　祈り　裏切りの涙……を
見極めている

お互いに探し合うことになり　永遠に
どちらにも属している

済度

少女は水中から引き上げられた
身には一糸もまとわず　片方の乳房は切り取られている女工か　援助交際者か？
身元不明　蒼ざめた顔はうつ伏せ状態
泥の付いた長い髪はモクセイの花が降りかかったようだ
その上を緑の蠅がぐるぐる回り
彼女の肉体から　鎖骨から
野苺のような赤い痣から
死がうす暗い芳香を発散している

もう片方の乳房はピンと立っている
独りぼっちの月は
愛撫を待ち　懐胎を待っている
欠けてしまったバラはひどく赤珊瑚に似て
そこに虫を放し飼いにし　そこに花を育てたが
そこの固くて強いウニは勝手気ままな夜に
侵犯され切り取られて海の藻屑と消えた……

遺体運搬人は彼女を洗い清め　また洗い清めて
赤白青の三色布の上に水平に横たえた
善徳堂の僧侶が少女の周りを回って読経
ひと回りし　またひと回りする
風のなかの表情のない経文は
まるで死という総体のためではなく
切り取られた乳房のため

精巧な欠損のために
招魂済度しているかのようだ

地下鉄のなか

カウボーイハットに白いイヤホンの黄色い皮膚の男の子
車両の流れはきらきらし　ライトの細い雨はひらひら降り
夢想のパラダイスを建造し
左耳は右側の風に耳を傾け
ゆらゆら動く秋の景色は幻のよう
故郷の蒼い山が今夜の市中を通行している
スリップスカートにソックスを穿《は》いたサングラスの女の子
地下鉄は疾駆する　その入り口の雛菊

自撮りカメラ　サックス奏者
各自の生計に擦り切れ
走るように歩いている　あなたの顔はそのように清純なのだ

緑の母馬は夏の白い火を載せて運んでくる
湖水を飲み干し　湖水を飲み干す
漂泊しているどの魂にも
静かで美しい涙が湧いてくる

舒《シュー》丹《タン》丹《タン》

七〇年代湖南生まれ。中国作家協会会員。著作に詩集『蜻蛉来訪』、『鏡の中』、訳詩集三冊がある。有為文学賞詩歌金賞、中国詩歌発見賞、詩探索翻訳賞、ルーマニア・ヤシ「詩歌大使」等を受賞。

道は刈り入れ後の稲田に出会う

それは刈り入れ後の稲田　その豊かな実りは
前の季節に属している
穂を出し花粉を散らす暮らしをしてきたし
籾殻はすでに他の用途へ向かっている
私は稲田の前世を少しも疑ったりしない　忘れられたどの籾も
暮らしを反芻しているのだ　私は身を切るように冷たい事物の間に立ち
最も冷え切った寂寞をとらえる　もしも寂寞《せきばく》に手が届くものなら
寂寞以前の飽食からも汁がトロリあふれ出ることだろう
私は引き継ぎと消滅の法則について　稲田と暗黙の
了解に至る　誰の孤独も取るに足らないちっぽけなものだ
畝の切り株より高くなることはないだろう
行こう　この田野から立ち上がろう　ここでは一粒の籾も
見失われないだろう　私に切り離されたことのある光と空気も

内部の見えない傷のように癒合《ゆごう》するだろう

暖炉の火と雪の花

暖炉のそばで寛いでいつまでも語らうのが好きだ
あなたの口にするどの言葉も　温もりと
くねくね曲がって弧を描く線を帯びていて
あなたの表情をはっきりと覚えている
夢のなかに　もしくは奥深い幻視にはまり込んだように

すでに冬は過ぎていても　雪の花はまるで終わっていない確認作業を
完成させるためであるかのように　相変わらず思いがけなくやってくる
自身が溶けることのうちに姿を現せるものが　幾つもあるのだ
運命の困難点は　秩序と内なる思いとの間にあることがはっきりしたなどと

あなたに告げるのは忍びない　壊してしまおうと造りなおそうと
責任を問うべき理由などないのだから

現在　暖炉の余熱はさつま芋を焼くにはまだ充分にある
香りのなかで私たちは火打ち石を挑発するが　別にそれを食べるためではない

最高の段取り

七月　カリフォルニアの李はすでに完熟している
この上なく色付いた蜜の缶詰が　枝葉の間に蓄えられている
兄さんは何メートルもある梯子を持ってくるし
私は木の下から籠を差し上げて実を受け取る
てっぺんの実はもぐことができないから
熟れ切ったところで　枝先から落ちてきて

虫と土に食べ尽くされることだろう
屋敷周りの塀から外へ伸び出たものは
通りすがりの小リスに残しておいてやろう
夜　リスたちはきっと食べ残しの種を
石段のうえに悪戯っぽく並べることだろう
だが汁を最もたっぷり含んだ実ということなら
それは小鳥たちのおやつだ
小鳥たちの眼差しは何ともすばらしい！
一個を一口ついばんだら　たちまちばさばさ飛び去ってしまう
幾らか残っているもの――
それこそが神が私たちに分け与えたものだ

沈《シェン》魚《ユウ》

男。本名沈俊美。福建省詔安県人。中国作家協会会員。二級作家。著作に詩集『借命』、『花香鎮』等がある。『詩刊』二〇一五年陳子昂青年詩歌賞受賞。『詩刊』社第三十二回青年詩会参加。

荒廃帖

柔らかな草が成長して固くて強い草になり　枯草となって終わり
身のほど知らぬ野望と勇壮な志が轡《くつわ》を並べていても　意気阻《そ》喪《そう》に刺されて死ぬように
歳月が過ぎ去るにつれ　年々枯れ萎《しぼ》む大きな夢は
落ちぶれて泥になり
足下で年経た肉親について　知る人なく　耳を傾ける人なく　尋ねる人なく
さまよい寄る辺ない亡霊の肉体のように　回収する人はいない

湖畔に広く広がる葦が寒風のなかで頭を垂れ　また上げるのを
見るたびに　たちまち
生きてゆく力がまた湧き起こってくる
人の群れから遠く離れたひとつはポツンと一羽の鶴
もしくは露にぬれて風に吹かれ　尾羽を伸ばした雉
灰色の花穂たちは　独りダンス

青波の照り返しのなかの影に
少しばかりの自己憐憫《れんびん》も　自棄と羞恥もない
繁華から放り出されてここに来たことも決して嘲笑しない
誰にも口を挟まれず水を追って流れる花は
棄てられたり自傷したりすることがなかったというのか？悲しみと
恨みがなかったというのか？　冷たい雨の後
また新たに回収された残骸はどれも
今日の生気みなぎる血と肉であり　人の世に生きているのだ

孤独な霊の説

労働者になって　詩を売り酒を売り魚を売り肉を売り花を売り
年月を売る　苦悶憂愁を売り取るに足りない鶏の毛やニンニクの皮を
売り朝九時から夕方五時までの仕事を売り　気苦労と骨折りを売り

血を売り　父母妻娘の病のために　この世に
いつまでも続く苦しみのために
恥辱と尊厳を売り　男の肉体の三分の妄想を売り　心痛を売って
人の世のつかの間の楽しみと
息抜きに換える

孤独者になって　こぬか雨をちょっと買って詩に入れ浮雲を数片酒の肴にし
魚眼をひとつ買って世の中を観て豚の腎臓を半斤買い
スープを作って子供に飲ませる
回想の灰と線香三本を買い　少年の貧しさ中年の苦しみ晩年の寄る辺なさを買う
灯りを点けないあばら家に母とわびしく座る暮らしを買い
鶴を一羽買って祖先を祀りガチョウを何羽も買って世間を騒がせ
良心と羞恥　暗い前途を買って帰り
血肉を魂を寂寞を恍惚を買って帰り
深夜十二時の亡霊もしくは野狐を買って帰る

自分が死ぬ時に
肉体と魂を携えて旅立てるように

彼女たちはまだこの世に何年も生きるのだ

彼女たちはまだこの世に何年も生きるのだ
こういう話には涙が出てくる
もしも私がとうに彼女たちの面倒をみることができないのなら
彼女たちの悲しみと喜びがどちらも少なくなることを望む
彼女たちが心静かに過ごしさえすれば

ぼんやり見えているのは昔　それは未来にもとても似ている
私たちは同一の魂が三個の身体に身を寄せている
私は分かっている　おまえは最後には傷心を学び取る

だが希望はすこし遅れて

現在　おまえたちの寝姿は縦横に乱れている
何故なら心を痛めて疲れを覚えているからだ
私は暗闇のなかに坐し　おまえたちの眠るのを見ている
今夜に感謝する　突然に降り出す雨はなかった

唐《タン》徳《トオ》亮《リャン》

広東人。出版詩集九冊。広東魯迅文学賞等を受賞。作品は二百余りのアンソロジーに入集。中国作家協会会員。広東作家協会詩歌委員会副主任。

彫刻刀

彫刻刀は木という身体に描き　眼、耳、鼻、口が
徐々にはっきり現れてきて　表情、思想、魂までも
見え隠れしてきた
彫刻刀は自分にできないことはないと感じ
ついには木という身体に自分の姿を彫り込み
そのうえ木の心を蚕食し
自分を握る手のことをなおざりにしたから
カチャとぶつかる音とともに　石の群に放り込まれた

それから錆びて変り果てた姿になり
歳月のなかに深々と埋められ　数百年の後
誰かに掘り出されたが　最も柔らかである空気を
たたき切ることさえできなかった

陽の光の下の稲の株

秋の収穫の後の田野　幾重にも積まれた稲わらは
すでに身を隠し終えたが　隠すことができないのは
洗われて白くなった陽の光

陽の光の下　整然と並ぶ稲の株は
丈を低くして
壮烈な面持ちをして
以前の高く真っ直ぐ立ったさま
以前の黄金色　以前の丸々と豊かだったさま
以前のはにかんで俯いたさま　それらは
すべて痛くて心地よい打撃のうちに
霜雪水雨に沈み　凍りつく土に落ち
そして幾重にも積まれる颪のような緑の靄を

支え始め　カラカラに渇いた雀の嘴で
微かに燃える

隠れる

稲妻が地を穿《うが》って突入するように
地上から逃れ去る
暗黒と愚鈍は粉々にされ　声はひそかに枯れ落ちる
石は一撃に耐えず　瞬時に風化する
三千年前に埋められた英雄の骨に
感動する人はなく
死者の魂がまた再び陽の目を見ようとしても
如何せん　出口はすでにふさがれている
地球は歯を食いしばり陣痛をこらえ

顔を別の顔に変える
地に隠れる者は行方不明になって　しばらく余韻を残すが
いつまで世に広く伝わってゆけるか　分からない

遠《ユアン》人《レン》

一九七〇年湖南長沙生まれ。詩歌、小説、評論、散文等、千に近い作品を発表。長編小説、散文集、評論集、詩集等の十九著作を出版。深圳在住。

中秋の金婚

その日　父はネット上に
五十年前の夫婦ペアの写真を公開した
彼らはこんなに若く　こんなに似合いで
こんなにまっすぐに未来の生活を見ていたのだ

私は驚かずにはいられなかった　その時の二人の
目の前には未来が展開されていたのだ
もしかして　その頃は余り思案しなかったかも知れない
まして　今がどんな様子になるかなど分からなかったのだ

後に　姉　兄そして私が
二人の生活に加わった　私たちは時には
彼らの愚痴をこぼす対象となっただろうし　だが

間違いなく彼らが最も期待したところでもあった

かなりの長期間　写真はまさしく壁の額縁の中にあったにも
関わらず　私が彼らのことを意に介したのは
本当に稀なことだった　写真はそれ以外の生活とともに
ゆっくり　少々乱雑にひしめき合っていたのだった

何年も経って　引っ越した家の壁に
額縁は見当たらなかったが　私はほとんど気付いていなかった
自分に気掛かりな事物がしだいに私を占領していった
私はもう　そういう写真や過ぎ去った日のことを記憶に留めなくなった

父が今になって公開したペア写真
それがどのように保存されていたか　私には結局分からない
暫くそれをじっと見つめる——その時　父の頭髪は

ふさふさしていて　母のお下げ髪は胸元に垂れていた

だが最も驚かされたのは　父が現在になってもまだ
決まってそれをいつまでもしげしげと眺めたということだ
母も必ずそれを手に取って灯りの
より明るいところへ寄せ　その後に溜息をつき

そうして今度は微笑むのだった　もしかして彼らは
時間が結局どんな姿をしているのかを知っていて　だから
五十年後の今日　中秋を選び
一年で最も円く最も澄み切った月を選んだのだ

シマウマ湖

夜がやって来るが　実際には多くの事物がやって来ているのだ
たとえば月が来る　たとえば灯りが来る　たとえば木犀が
その身体の香りを放ち　夜へと入った湖面に
くまなく散り広がり　上にも下にも漂っている

私は湖畔に腰を下ろし　対岸の高い建物は
ネオンにぐるぐる巻きにされて沢山のローマ字姿になっている
灯りは逆さまの姿を水面に投げ捨てている　私は我知らず
遠い昔の沢山の夜を思い出し　失われた夜を思い出している

あのとき私は誰と愛し合っていたのだろう?　その後また別れたが
あのときにも今日と瓜ふたつの夜が沢山あって
ものの漂いのなかを高くなり低くなり　広がってゆき

ゆるやかに流れる湧き水が　私の喉の間にあったのだ

今はもう多くの年が過去のこととなり　私に残っているのは
いつまでもゴールにならない身辺の道だけだ
その上には月が照り　一方では宇宙の荒涼にあらがい
一方ではまた私の手の平に顔を埋めている

彼らは銀杏の木を見に行った

彼らは銀杏の木を見に行き
私は一人で人のいない空地へ歩いて行った
そこには丈の低い草むらがあり
山積みの瓦があり　高くなっていた

銀杏の木は遠くないところにあった
私はそこへ行ったことはなかったが　ある時
一人で行ってみようという思いが増してきて
人のいないところに坐ろうという思いが募ってきた

たとえば目の前のこの草地は　天空が
その身体をしっかり抑えていて　私は瓦の山で
長いこと坐り　何も考えない
浮雲が遠くの山並を拭いている

後のこと　私は写真に見つけたのだった
彼らも銀杏の木の下に腰を下ろしている
濃い黄色の落葉が一面に敷きつめられ
彼らはまさしくその落葉のうえに腰を下ろしている

私はそのときに分かった　世界のどこかの場所に
坐っていられるのは　本当にとても素晴らしいことだと
草地と落葉　それらは私を招待し　私に
それらと同様に　一言も喋らないように求めているのだと

丫《ヤー》丫《ヤー》

本名陸燕姜。中国作家協会会員。広東省作家協会理事。広東省作家協会詩歌委員会副主任。『詩刊』社第三十四回青春詩祭参加。個人詩集『空白のあるカレンダー』等五冊を出版。

腰の辺りの稲妻

さあ　わたしたちは身体を入れ換えて
新しい孤独を構想しましょう
あなたの幻覚とわたしの幻覚をいっしょに重ね合せて
とても長く愛し合った振りをすれば
見た目にはすっかり本当の恋人だということになるでしょう

いま　もう一度あなたを発明させてよ
風がそよそよ吹けば
わたしの柔らかな足腰が蓄えている稲妻は
墨の性質をもつ悲しみを
生活へとバントするでしょう

省略される唇弁①

第六の花弁は
「写意」②画法のなかでは常に省略される
ちょうど現実における第六感、理想、精神
あるいは十六才の少女の情欲と幻想が
すべての図表のなかで　省略されて描かれないようなもの

私はかつて　踊る鏡のなかでくるくる回る少女を見たことがある
彼女の胸の前に燃える唇弁は
鏡という紙に見え隠れし
教会のように
彼女の使い古しのTシャツに向き合っていた

その後　彼女は一生の体力を使い果たして

別の教会を動かし
その一片が漂うのを押さえている

①唇弁＝ハマグリ類の口辺の弁状のもの。繊毛の動きで食物を寄せる。また、植物の唇形花冠やラン科の花の主体をなす唇状の花弁。
②写意＝対象の外形を写すのではなく、その本質や画家の精神性を表現すること。中国画で、写生・写実に対比される語。

芽吹き

この一日の完璧さをどのように描写しよう
正午の光線が湾曲する歩みを放り出している
墨汁は立ち昇る　空気中の白色の舞い
地球の公転　ゆっくりと堕落する

新たに生まれて天気も景色も麗しい吉日が
湯飲みの底へ降りてゆく

正午
その底からグラジオラスの芽が出てくる

見つめ合ううちに
私たちは互いに互いの対照物となる

游《ヨウ》子《ツー》衿《チン》

一九六九年三月生まれ。広東客家人。中国客家文学院所属のプロ作家。前世紀八〇年代に詩作を開始。民間誌『故郷』主編。個人詩集『時間書簡』出版。

山々の上

雨が止んだ　旧正月三日の早朝
母　妻　娘　みんなぐっすり眠っている
桑玲は国外から帰って　近隣の都市で
目を覚ましたか？　少女のころを思い出したか？
窓の外の植物は　すでに経書の暗唱は終わり
新生の喜びを満身に満たしている　遥かな山々だけは
もっと奥深くひっそりした夢をまだ抱いていて　このとき
私の家族のお供をしている　雨が止んだ
折しももっと重要な時刻がやって来る　もしくは
既にすれ違っている　ひとつひとつすれ違ったのだ　山々の上に
生い茂る樹木は睫毛のように
かすかに震えている　止むことなく

故郷の木

私を抱くために　そいつは枯れた幹から
葉を出し　また自分を深い森のなかに
隠すのだ　そいつは日の出と日の入りを抱いている
その無用の歳月を　そいつは大地と雨水を抱いている
その無用の物質を　そいつは飛鳥と流雲を抱いている
その無用の飛翔を　そうしてそいつは私を抱いている
今年の冬　この無用の者は
声を上げずに　力強く　長時間を持ち堪えて

菊花の詩

君は連城県の冬の夜に盆栽の緑色をした菊の花に出会ったことがあるか
君が通りをそぞろに歩けば　灯りはものさびしく　家は千里の彼方にある
君はこのときこの世の荒涼の様を想い起したことがあるか　辛苦はまさしく寒い
前へ進む一歩はすべて生き死にと関わっている　君が花屋の前に立ち止まるとき
もはやそこに青春はなく　心のなかには家族と
もう連絡をとることもない友人が数人いるだけなのか　君は連城の冬の夜に
黙って引き返す　今生はもう頭を上げずに

張《チャン》爾《アル》

詩人。詩集に『烏有宿』、『壮游図』、『文章ノート運動』がある。米ヘンリー・ルーシー基金会、華語詩歌創作奨励賞を受ける。バーモント執務センターに滞在創作。

交通協奏曲

昼と夜の冷と暖が　星の合奏を引き起こし
大地の絨毯には軽工業が横並びになり　君が裸足で
木造階段を力を込めて踏むつまらない束の間と苦心とをかき集めている
ゴムは大通りを挑発し　歯車はベアリングをからかっている

燃え残りは気の向くままに跳ね　技の素早さはＰＣキーが液晶をきらめかせる如し
ネオンは　湧きかえる奔流へと集まってきて
揺らめく影の尻尾が　ショートショートのライトコメディーを計測している
小型ポンコツ車は　のろのろとマサチューセッツ州へと出発する

ピックアップトラックが傾いた宇宙ヨットを引きずり
白人の煩雑な長期休暇を過ごし　噴き出す黒い煙のクシャミは巻毛のようだ
君はぐるぐる回って降りて　海の向こうの連邦の速達を拾い上げる

積み重なっている書物は　詩経のように
積み重なって十字架になる　サムウェルのT字の街角で
ゴミ収集車がゆっくりと警笛の雷雨を呑んだり吐いたりする

八卦嶺[1]覚え書き

工業区の若い俊英たちは　毎日
観光エレベーターに乗り
エアコン室外機の奏でる雲雀の間へひしめき入って昇降運行する

雨露の洗い流した茶色のガラスを透かせば　世界の
形状は　哲学する掛け時計の
過激な振り子のようだ

打ち鳴らす度に　陽の光が
勢いに乗じて大地の狭いすきまにはまり込み
天地の接するところから　虎の牙が出てくることになる

人もまた虎の如し　形意拳②も　大声を張り上げながら
教育を叩き潰して　欠損した書籍の
残りのページの裁断前の端っこにする

バスケットゴールスタンドの下で　ポニーテールの揺れ動くその美少女は
胸を斜めにして　よく伸びているけれども保守主義のその両腿は
相変わらず　永遠を　さらに神秘の尺度を

堅持している　見よ　若者の手から
抜け出て一人になったボールは　今ちょうど泥だらけの車の屋根の方へ
満足気に空気を漏らし　ヨレヨレになってぐるぐる回っている

①八卦嶺＝広東省深圳市の、最も早い時期に開発された地区の一つ。
②形意拳＝中国伝統拳法の一つ。

トンネルの歌

夜が深まると　揺らめく映画はそこでカーテンコール
海水は申し訳なさそうに銀幕を裏返す
その劇場の一角が傾いて流れ出てくる人生の小波は
深い悲しみに溺れ　私たちの額に打ち寄せてくる
とっくに皺の寄ったその額は　劇中の人の
往来する悲しみに重なり合っている

長々と続く地下トンネルから恨みを秘めた哀しいブルースが伝わってきて
通路の奥深く　野良犬が一匹思いもよらなかった法則に耐えている

もしも君と私が　不規則な地表以下からゆっくりと
やってくる任意の不幸あるいは災難を以前通りに持続するというなら

私たちはまた　一切の自然のものではない不公平と総崩れ状態に
必ず屈服するだろうし　互いに溜息をつくだろう

水の逆行を受け入れ引き受け　且つこのことによって
自己の表情および他者の内心をぴんとのばし　そこでさらに一歩すすむ

敵味方でいわゆる原則の唯一性を受け継ぐだろう
レンズをゆっくりユラユラゆっくり振り　瞳を転じ

隣り合うけれども平行し　トンネルがつないでいる二つのブロックを一瞥し
旧市街にとどまる流浪者をあちらこちらに捜す
熟睡している間は飲み干した農夫山泉[1]を枕にしている
そのボトルの平たくひしゃげた口にはまさに風化して大海の塩が点々と浮き出ている

①農夫山泉＝清涼飲料水の一商品名。

池《チィ》沫《モォ》樹《シュ》

詩人。児童文学作家。一九八〇年広西宜春生まれ。著作に詩集『スカートを穿く雲』、詩論集『語句の色どり』、児童散文集と絵本等がある。冰心児童文学賞等を受賞。東莞在住。

匂い

匂いは指の間を浮遊し　ひともとの植物の悲しみは
空気中に留まっている　私は彼女たちの名前を　そして
彼女たちの青春の顔の　艶やかな皮膚のうえの傷口の刺すような痛みと
胃の部分からやって来るどんよりする痛さを　語るのが恐い　彼女たちはとうに
暗闇のなか腐食した空気を呼吸するのに慣れている　そういう麻痺した心は
硫酸、ゴムのり、メチルベンゼンを語り　シャンプー、ボディーシャンプー、
香水を語り　月の光の下の愛を語る
病みつきになる
そういうものは　明け方の露の玉のようであり
流れて止まない夜の東江の咽び泣く水のようである

黄昏に

黄昏のなかで私は散歩を習い覚える
工業区から南丫村へゆっくり歩いてゆけば　ゆるやかな風が
遠くを流れる東江の辺りから吹いてくる
岸辺で押し黙っている葦から　厚街鎮の喧噪の高層ビルから
そして汽船の光の砂のように点々と滑ってゆく波紋のなかから
光線が雲の間を移動するように吹いてくる
都市の排気ガスと河川の湿気が入り混じった匂いは
慌ただしく退勤する労働者たちの足取りには問題とならない
固い土の上を歩くのに　私に必要なのは鉄と機械なのではなく
印刷インクの嗅ぐに耐えないきつい匂いなのではなく
私に必要なのは時計の振り子と哲学のあいだで散歩を習い覚えることだ
傍らを笑いながらお喋りして通り過ぎる女性労働者は
高速で走り過ぎる車に

芳しい香りを持っていかれる
玉石広場では丸くて明るい街路灯が早めに揚げられる
私は足元に細かな砂石が存在を発信する音を感じる
明日退勤するときの街路灯はやっぱり街路灯だと分かっている
私の仕事仲間が工場の門から湧き出るときは隊形が変わるだろう
光は移動している　風はきっと向きを変えるだろう
私が嗅ぐ匂いはきっと幾らか違うのだろう
生命は砂や石のように卑小だ

時計工場

私は時計工場にいるが　時計工場に休日はない
時間は歩いて行くから　生活が停止することはないのだ

私は己の生活を組み立てラインに組み込み
昼食と夕食の二回に分け　朝食はひと眠りに使い
夜は十時まで残業するけれども　時計の時間は十二時に調整しておく

私は純粋で夢に満ちた心を抱き　製品同様に次々と色とりどりに輝く
メキシコ国旗、アメリカ国旗、イギリス国旗　それから花鳥の図柄
虹の図柄、砦の図柄、熊が魚を食べる図柄　それらは円い形をして美しく
たくさんいる女性労働者の顔のよう　でも喋らない　だが時間は進んでいる
あるものはアメリカへ　あるものはイギリスへ　あるものは何処へ行くのか分からない
「どっちみち外国よ　担当者に聞いたら全部輸出用だって」　芳さんが言っている
不注意で一本でも髪を時計のなかに残したら
「外国野郎はきっと女の子の髪だと分かるに違いないさ」
誰が言ったのか分からないが　芳さんは顔を赤らめ　その夜に寝言を言った
「私たちの生活も　時計と同じように組み立てたい　幸福、楽しみを

愛、青春、未来を一緒に時計のように回せたら　どんなに素晴らしいでしょう
でも　聞けば　外国には時差があるはずだから　こっちは昼　向こうは闇夜だよ――」

陳《チェン》計《チィ》会《フイ》

当代詩人。一九七一年生まれ。広東陽江人。前世紀八〇年代末に作品発表を開始、『陳計会詩選』、『この時この土地』等の詩集六冊を出版。詩誌『藍鮫』執行主編。

銅鼓、銅鼓——銅鼓に対する二十六の考察方法

前書き——新聞の載せるところによれば、二〇〇九年四月十三日、広東省陽江市大八鎮四卓河床で、直径一・四二メートル、高さ〇・八二メートルの銅鼓が出土した。鼓の中心には八つの芒の太陽、その周囲には六匹の蛙の銅像が配され、鼓身は雷紋で飾られ、広東省出土の最大の銅鼓である。銅鼓は古代俚族《りぞく》、僚族《りょうぞく》の神器および伴奏楽器であり、警報を発し、猛獣を追い払い、日常に楽しみ、祭祀を執り行い、仲間が集い親しみ、軍隊を指揮するのに不可欠の物であり、その気高さによって富と権力の象徴となっていた。陽江は古くから俚族、僚族の集まり住む地であり、銅鼓の出土は俚僚歴史文化の研究に対して重要な意義を有している。

もはや私ではないのだから　どうして私の音調である必要が
あるだろうか？　それ以外には　滅多にないものなのだ——スティーヴンズ①

A、
大地は感情を抑え切れず　内心の
秘密の渦が
流れる水の厳粛な楽の音を　吐き出す

腐朽した深淵が　頭上にかかって
がらんとしているのが見える
その統治した世界は　剥《は》がれ落ちている

B、
銅鼓を叩いたその人は　千年の後
私たちの間に紛れ込んで
ピアノを弾く　あるいは街角で棒術を披露する
青銅の有り様からは　どれもどれも生き生きした

表情が一つまた一つもたらされる
伝播は　力を造り出す弧だ

C、

鬼火が飛び交う夜　奇妙な黒い影は
楠と人面樹に見張られている
勢い盛んな声は　ひそやかな野にはまり込む

それは熟睡して　まるで今生に結末をつけたかのような
この大地に委ねられるだろう　だが実際は
もっと大きな飛躍が　もう久しく密かに企まれている

D、

追憶の暖炉には　眠れない炎が燃え
赤いメッキの胸、汗の跡には　血、呪文が

混じり　時間の神秘に溶解している

……鋳造　黒煙のなかで
帰するところは痛みの言葉
大地の震えは　ここから始まる

E、

誰の射た太陽なのだろう
視線上を　天の宮殿
あるいは事物の中心に接近する

誰がまた影のなかで　松明を振って舞い
歌い狂っているのだろう　バチを用い
ひれ伏して仰ぎ見るさまを表している

F、

しかし大地の奥まったところに散らばって　蛙が

水稲、トウモロコシ、

落花生なる言葉を口に含んだというのも

決して大げさな形容ではない

そのうえ、優雅で絶え間なく流れる水は

照り　夜の暗がりには

千年の錦織が敷き広げられる

G、

冬籠りをする俚人は　終日作物にかかり切り

雷の登場は　しばしば

水の涸れた心のなかに始まる

私はそのうちの一人　両手の泥を拭き取って
合掌する　額の両端でとりとめなく変わるひび割れは
単に祈りであるだけではない
　運命が包んでいる言外の意でもある

H、
叩頭に没頭すれば　太陽の芒が
瘴気、葛藤、木の葉の騒ぎを突き抜ける
敬虔《けいけん》は　態度の問題だけではない

雷の音が道路を掃き清めることができるのは
私たちの真似から来ているけれども
集団幻想は　雨水の清涼感を合わせ集める

I、

雨の最初の一滴が　誰かの鼻先に落ち
大地は　山を押しのけ海をひっくり返す勢いで　応答し
私たちの王は　太陽に取って代わる

眩暈《めまい》には　涙が入り混じり
思う存分広がってゆくのは　狂奔する蛙の群れ——
収集保存されているのは　空深いところの憐憫と苦痛

J、

銅鼓を操る音は　祝いの灯篭　月の光を
取り巻き　水稲、砂糖キビ
ビンロウで編まれた舞いは　思いを素直に——
内なる豊穣　潮は湧き返り　人の群れは

めでたさの法則を旋回させている　白酒の加速度に
君の夢は今夜　こまごました飾りはいらない

K、
闇夜にはしばしば　月なく風の高く吹く干欄②の軒先に
他の種族の手裏剣　驚いて目を覚ます
猛烈な太鼓のリズムに　嵐が集結する

その巨大な影法師は　銅鼓を真似ている
その喉仏には　大海が待ち伏せをしている
私たち一人一人は見血封喉③の樹液のたっぷり浸み込んだ矢だ

L、
さらに大きな交戦では　広々とした土地で
銅鼓の音に追い立てられた鬨の声が

群がりひしめく矢以上の　ハリケーンの威力を具えている

さらに葛の縄に固く縛られた石塊が
密集し　大海は裂け　ぴったり閉じ
時間はつなぎ止めた　銅鼓の沈黙

M、
あなたは　神の威厳を身にまとい
この時　清らかな水のなかへ招き入れられて
ホコリを洗い清められ　堅い意志から来る輪郭に驚き怪しむ

灯明は空気中をよじ登り
ぼんやり曇る鏡には　逆さ影　冷厳な表情が
高く遠い空に見えるが　決してヨモギの葉には把握されない

N、

跪いて礼拝する　それは一つの動詞だが
逆に心のなかの　大海と同じように
湧き返る長い言葉を飾っているのである

語句は色褪せ　たとえば銅鼓の
青銅の光沢は　相変わらずあなたの
微笑みをメッキし　穀物倉庫の帳簿のなかに隠れる

O、

太陽がいつ天頂に昇るのか　私には分からない
八つの芒があるだけなのに　私たちの頭と
遥かに向き合っている　それも分からない

私たちの周囲に　銅鼓の音の震えは何を落とすか？

山川、草木、陶片、断簡……
じっくり考える書物は　心のなかの風景を開く

P、
神の示した詩篇は　陽の光からやって来る
それは私たちの生涯と
事物を始まりから終わりへと貫く
我が胸中にしまわれた太鼓のリズムが　澄み切って明るい秋空深く響けば
太陽は一頭の猛獣　鋭い爪が　骨と肉体の狭間から
不断に我が夢想を奪い取ってゆく

Q、
銅鼓の面が空を丸くし
その中に私たちを包み込む　農事を

製陶を、戦争を、性交を……死を見つめる

私たちは同じ運命に制約されている
古めかしい法則が　果てしなく広い想像が
雨水よりももっと深く　私たちという存在に楔を打ち込んでいる

R、
風のなかで太鼓を叩いて　天空の虚無を
引き受け　黄昏の冷たさのように
心のなかの小道を通り抜ける

ゆったりして　ぼんやりうす暗い顔立ちは
タロイモの葉が包んだ痛み
私は如何におのれを彫り込もうかと風を見つめている

S、

英雄は誰か？　大地の上に現れたのは
銅鼓を叩いた最初の人間であるか？
彼は太陽を祝う言葉を最初に唱えた

身体に絶技を抱いて　世間を放浪し
嵐を用いて道筋を切り拓き　そこを通り抜け
もしかしたら　私たちは本物の到達した人間なのだ

T、

おお　現実よりも残酷なのは
内心の焦燥　荒れ果てて雑草をはびこらせるから
前に立って道案内する人間が必要だ

あなたは運命による選択　集団の

無意識の幻影　撥《ばち》がおののき恐れる足音を
敲《たた》き出し　青銅の性質に近づいていている

U、

静かな夜　私たちは聴き耳を立てる
水を歩いて渡って来る音が
嵐の暗い影を寄せ固めている

脳天に……旋回している　深淵が壁に向かって
晦渋な形式で座禅するように
雨が滋養をもたらす葉は明るく輝いている

V、

幾つかのものは永遠に　触れる方法がない
たとえばこの銅鼓の音　身体の内

或いは外に　鳴り響き　闇夜を囲んでいる

私たちは流れる水に居場所を奪われてゆく
浮かび漂う稲わらは　蟻が
不運からはい出るための　唯一の方法だ

W、
銅鼓の音を造り出すのは　その実
弧を描く優美な線なのに　それは
往々にして私たちに見過ごされる

ちょうど一人の人間の足跡のようだ
そこには暮らしの　荒れてもの寂しい様と　大波となった
空しさが蓄えられているのに　視野に入らないのだ

X、
銅鼓は悲哀を隠し　禍々しい凶悪が
丸裸になっている　政治の別の側面では
太陽一つが空を占拠している

私たちはその中にはまり込む　蛙の大きな腹
そいつは影をくすねる　人は或いは
己の影から抜け出す方法を持たないのかも知れない

Y、
銅鼓は　大海のようだ
回遊魚が餌に群がりついばむ音のような
金属のこだまを有している

それは時間のあばら骨を　探し求め

群れなす夢想を引き連れている
それは何ともたどり着けそうにない
遥かな――ユートピア

Z、
起点から終点まで　終点から起点まで
太鼓の音は　いつまでも歩みを止めない
こういう時は　遅かれ早かれきっとやって来る
尻尾に噛みついている蛇　それは時間の
トーテムを　苦渋の円と　夢想と同じ構造を
取り囲んでいる

① スティーヴンズ＝ウォレス・スティーヴンズ。アメリカの詩人。一八七九～一九五五年。

②干欄＝嶺南は湿気が多く、俚僚族は樹木に寄って材木を組み立て、そこに居住する。これを干欄という。

③見血封喉＝またの名を「矢毒木《ウパスノキ》」という。雲南西双版納、広西南部、広東西部および海南島などの地に分布し、陽江市にも見られる。その樹液は劇毒で、血を流す傷口に付ければ心臓の動悸を停止させることができ、目のなかに跳ね飛べば、目は忽ち失明することとなる。古代少数民族は矢尻に塗って獣狩りや戦に用い、命中後には出血し喉が閉じたのでこの名になった。

従《ツォン》容《ロン》

詩人。劇作家。一九九九年、国内で他に先駆けて詩歌と劇場の垣根を越える探求を開始。「第一朗読者」を立ち上げ、「詩劇場」の考えを提唱する。著書、詩文集六冊。論壇から「新世紀中国における禅精神詩の女性創始者」の栄誉を与えられる。

引き算

雨水が私の都市を水浸しにし
稲妻と轟きがビルに覆いかぶさるたびに私は
雨に降り籠められた男が窓を閉める動作を想い浮かべたが
大雨。警報。戸と窓を閉め切り　世から遠く隔たり
私はケータイつながりの人物の削除を開始した

第一番目の削除は社長
彼の強壮酒はちょうど鳴り物入りの売出し中だった
第二番目の削除は広告代理業者で
彼は酒の席で　私も曾ては詩人だったと言っていた
第三番目の削除は名子役のママ
その子の笑顔は大人より捉えどころがなかった

人は一生のうちに二九二〇万人に出会うことになると言う
私は各都市に一人の友人だけに止めようと思う
千余りの通話なら　九百は削除してしまおう
すでに離れている親戚　深夜に目が覚めたときでも番号は出せるが
電話の向こう側には見知らぬ男たちと女たち
死んで何年にもなる妹　彼女のチャットはずっと削除しないでいる
テレビのなかのキャスターはマイクを手に危急をアナウンスするが
どの区画でも誰かが失踪中だ

葬儀場の王主任の電話については
再三考えたあげくに保留することに決めた

父親

私はずっとあなたの身体のことがとても知りたかった

小さかった頃　母は「海の娘」のお話をしていた
あなたはカーテンの向こう側で入浴中だった
私は眠った振りをし　布が引き開けられる瞬間の目の前に
彫像のように現れるあなたが見えたらと思うのだった

その度に私の悪巧みは水泡に帰していたのに
そのときは
男たちが給湯室でジャージャーあなたを洗い
白布とサフランの花そして読経の声で　あなたを堅く包んでいた

私はひしとあなたの頭を胸に抱いた
私たち二人の身体の汗の臭いは同類のもの
最後には墓地へ向かう車のなかで混じり合っていた
あなたの髪の毛は一筋私の化粧バッグに収められている
自分を取り戻せるように　あなたがそこにいるように

私が必ず通る白い階段にあなたはいる　私には分かる
地下鉄工事中の交差点にいる
私の手が握るハンドルにいる
私の枕元にいる
毎日

バックします

妹よ　私は潿洲《ウェイチョウ》島であなたの声に出会ったよ
二十年前あなたは一声広告コピーを録音して七元を手にした
スタッフは言ったね　君の声は必ず天の果て地の果て　どこまでも伝わるとね
バナナの木の下の暗がりで　あなたは「バックします　注意して下さい！」と言ったよ

フロントが私に割り当てたルームナンバーは四一二だった
すぐに分かったよ　その日はあなたの誕生日
前もって渦洲島に来て私を待っていたの？
私はその部屋から外を眺めているよ

ハンバーグよりもっと精巧な十重二十重の火山岩は
年齢に似合わず元気いっぱい　露わな格好を晒して海をからかうけど
海は一日をかけて彼女と親密になるのに　別の日には避けようとする
あなたが愛した男にとてもよく似ているよ
彼らはいつもあなたに　細かな貝殻、小石
そして「黄金海岸」　細かいんじゃないかという砂を残して
あなたを驚かせ　晴れやかにしたね

渦洲島から北海市にもどった私は
狭くて胸を抱え肩を擦ることしかできない「摩乳」小路で

若かったときのお祖母ちゃんに出会ったよ
今はもう陳という姓じゃなかった
生きていたとき一番好きだったシロキクラゲの吸い物を御馳走してくれ
菩提樹の下でいっしょに記念写真まで撮ったんだよ

あなたはわざわざ私に自分の声を聞かせてくれたんだと思う
「バックします　注意して下さい！」

妹よ　あなたは私に何を暗示してくれたの？

あなたたち二人は私が到着する前の樹の下できっと待っていてくれる？

子供の頃お祖母ちゃんは訊いた　二人は大人になったらどんな夫をみつけるんだい？　って

「パパのような人！」
あなたが亡くなるまで　私たち二人は探し当てられなかった
まさか私たちの夫は過ぎ去ったどこかの曲がり角に隠れているとでもいうの？

「バックします　注意して下さい！」

妹よ　あなたはもう一度ちょっとでも姿を現すことはできないの？
私は未来の何時の日に前世で知り合った夫に出会うの？
もし彼がやって来たなら　私はあなたになって彼を愛していいかしら？

老《ラオ》刀《タオ》

中国広州在住。中国作家協会会員。公式出版詩集に『不眠の向日葵』、『滑る土』、『眼は翼の前を飛ぶ』がある。初回徐志摩詩歌賞、雑誌『詩潮』の、その年に「最も読者に歓迎された詩歌」賞、等々を受賞。

父万偉明について

Ⅰ
万里の大波がしきりに右脇腹をさする
思えば父はしょっちゅうそこが痛んだのだ　心が落ち込んだ
仕事をやめて家に帰るよう母が手紙を寄こした意味を　突然納得した
ずっと帰ることができなかった
棗の木が一本残るだけの山あいのその平地
広州から列車で八時間というだけでなく
さらにしばらく暗い道を歩く必要がある

Ⅱ
万里の大波が湖南の酒を連れてくる
思えば父はもう酒を飲まなくなっていたのだ
覚えている　父には起き掛けに一杯飲む習慣があったのだ

しばらく力仕事をしたら　家に入って軽く一杯やり　飯の前に一杯やった
我々が肴をつまみ喉を開けて騒がしいのとは違っていた
父は素早く飲んだ　素足のまま　折り上げたズボンの裾も下げずに
酒瓶の前に立ち
顔を仰向けにすることなく上手に飲んだ
田んぼに入る前に小コップに一杯やれば
いくら骨を噛むような水でも冷たくないと言った
二十三年前の旧暦師走の三十日の大晦日
父は十年余り病んでいた歯を一本抜き取ったが
私は彼が医院に行ってしまい取り残されることとなった路上で
穀物を天秤に担いで山の方までゆき
精米してからまた万伏沖のところから持ち帰ったのだった
十三歳の目は泣くに泣けずに夜を眺めながら
茶畑で休んだ
父の年は六十過ぎになった

彼は二本の歯が抜けてもう痛くなくなっていた
一本は少しぐらぐらするように感じられ
指を口のなかへ伸ばして摘まむと
歯は指の間にあったのだった
もう一本は飯を食べたら見えなくなってしまったのだった

Ⅲ

今日になってようやくはっきりした
どうして三十五年の間ずっと蛙が恐かったのか
ダムのなかに浮いていたり決壊口に坐っていたり
畦のうえに跪けば
痩せて　大きな口がぺちゃんこになり話すのを好まないのだった

Ⅳ

万里の大波が湖南へもどって来た

医者がどのような検査結果を出したのか分からなかった
私がぼんやり眺めていたら　ガジュマルが歩き出した
スリッパとしか言えないような解放軍のズック靴を履き
一歩一歩変わらないリズムのボコボコという音を立てた
父はそれを履いて稲田の傍らに並べられた二つの
麻雀卓を一瞥して軽蔑し
まっすぐに自分の菜園に行って
嘴の部分がきらりと白く光る鍬を置いたのだった
黒い点が
宿根のトウガラシの間をあっちこっちに動いた
山あいの孤独は得難い
帰省休暇につながったのだった
私は自分のペースでは過ごさなかった
父はすでに　私が子供の時のように私を身辺に
じっとさせておかなければならない　というようではなかった

父の肩には
白いフケが散らばっていた
私は手を差し出したが　はたき落としたのは穀物の棘だけでなく
それに加えて広州の痛みなのだった

小さな黒タニシ

出勤前も　退勤後も
私は決まって水草用の甕の前にしばらく立ち
広い葉を付け　柳の格好をした　紅色や　紫色の水草に
ひととき念入りに見入るのだ
今日は振替え休日　家に居て
アメリカがアフガンを空爆したという
昼のニュースに　私は

ウトウトしてしまっていた　私は
疲れた腰を甕の前でしきりに伸ばした
点けてあるテレビからは竇《トウ》文濤①の声が聞こえてきて　彼は
もう一人の番組司会者に　弱小の
生命には歴史がないと言った　この時
目の前がぱっと明るくなり　砂粒が一つ
砂の上を這うのが見えた　もっとよく見ると　それはちっぽけな黒タニシだった
私はそのことを記録しておくことにした
二〇〇一年十月二十二日十四時から十五時
ちっぽけな黒タニシが　紅の茎の水草に向かって　広州の芳村の
水草甕のなかを二ミリメートル移動した

①竇文濤＝ニュースキャスター。一九六七年河北省石家庄市生まれ。武漢大学マスコミ系卒。

李《リイ》衙《シエン》夏《シア》

一九八五年、広東省清遠市生まれ。長編小説『人類沈黙史』、短編小説集『誤謬の加わる浮世』を出版。映画『人外人』を自ら創作し、自ら監督し、自ら撮影する。時折詩を書いて魂の修繕をする。

箒に跨って山野を放浪する

その度に彼は同じ動作を繰り返す　沈黙の僧侶が自分だけに
分かる経文を念頭に置くように　彼は山頂から下りる度に
丈夫な両手が　風に乾いた細竹をしっかりつかみ
左から右へ　規則正しく移動する　竹の先の稲わらは
石段の落葉　および自ら自分は偉いと決め込む人類の
足跡を追い払っている　彼は精神を集中し　真剣に
一日また一日　一年また一年　ちょうど山の渓流が
ごつごつの岩石を念入りにつるつるに　塵一つないように
洗って流れるように　彼が山頂から下りる度に
この習慣は何年も維持された　あたかも座る菩薩の前の
男童が　倦《う》まず弛まず　この世の掃きそうじをしようとするかのようだ
彼は　常に何か起こるから洗い清めても一生きれいにならないと　堅く信じている

騒音都市の幽谷

李横町の空には朝日がない
李横町の空には夕陽がない
李横町の空には　正午の輝く光だけがあり――
東の塀から西の瓦まで
ビルの大時計が一回りする間には歩き通せない――
黄金が黒い敷石の路上にまき散らされ
老人、老若、鼠……が
次々に出てきて拾い集める――

李横町は枝道がごちゃごちゃ入り組み　紆余曲折して
心をしっかりと繋ぐ麻縄のようだ
また運命をがっちり捉えた木の根のよう……
歩くのに骨が折れるため

老人の何人かはもう何年も横町から出たことがなく
うらぶれて物寂しい空き家の見守りをし
長々と続く人通りのない横町の見守りをしている――

横丁内の日照は痩せていて　光線はぼんやりうす暗い
一人だけの時刻
自分の影をさがして四方山話をしようと思っても
それはとても難しい

慌ただしい川

毎年五月　李横町はすっかり川に変わる――
水は孕《はら》んだ洌江からやって来る

どの家も一階にある調度品は休みなしに階上へ運んで
土砂、浮枝、流れる泡……に席を譲る

偶々濁流から魚を手探りで捕まえれば
それは靄《もや》から漏れ出たひとすじの明るい兆し——

四月にはもう食糧の貯蔵を始めなければならない　風雨に遭遇する年は
家族全員が二階の小部屋に留まるとなれば二十日三十日かかる——

幾つかの横町がやっと木船をひとつ捜し出せたとして——
なかなか簡単には漕ぎ出せない

同じ囲いで瓦を共にする住まいは　普段は列車の貨車だが
この時はそれぞれ孤島となっている——

孤島にあっても孤ならず　どこかの家で塩砂糖が足りず、米油が乏しければ——
すぐさま隣の窓からずっしり重い竹籠を持つ手が伸びてくるだろう

子供たちは最高に楽しい——
こういう時にこそ　彼らは瓦を踏み軒を跳び越えることが許されるのだ

屋根で楽しく遊ぶ　李横町がある地域は
どの家も基本的に二、三階建ての古い家だ——

子供たちは一軒一軒次々と越えて　飴玉やビスケットを強要し……
馬の群れが空に漂う草原を駆けぬけている

突然雨が降り　遊び呆けてどこかの家にいればそこに留まり
その家のテーブルは楽しい空席を用意することになる——

王《ワン》小《シアオ》妮《ニイ》

詩人。海南大学教授。詩集、散文集、小説集およびドキュメンタリー作品『授業記録』等、四十の著作がある。

どう見ても匕首には似ていない

月は思いの外の明かりを下ろしてくる
暖かい島の外縁は金属の光を放ち
土地は宝の隠し場所をはっきり示している

試みに肩に置いた鎧は
氷のように光ってばかり　音一つ立てない
銀の粉のなかを行けば行くほどひらひらふわふわ
この夜私は一体何をしたらいいだろう

凶相は機に乗じてますます深く隠れるが
手を伸ばせばさっそく光に当たる
ふんわりしたものはどう見ても匕首には似ていないのに

空中にある鷹の目

ずいぶん長いあいだ顔を見せなかった真っ白な天体が
突然夜の一角を通り抜けた

ちょうど陽の光の下　話を交わして道行く人は
今にも落ちそうな真珠を口いっぱいに含んでいる
淡い光沢は　鳥の囀《さえず》るような　玉帯を帯びているような
唐朝をそっとはたいている

私はずっと家のなかに留まっていよう
人の世の深く暗い片隅に留まっていよう
歳月は余りに厚く　冬着もまた飛ぶことと同じように
余りに重い　カーテンを閉める手は交替しながら
空中にある鷹の目をさえぎる

月光が人をふらつかせる

海が今ちょうど陸揚げされているなら　塩は　大地いっぱいに広がる
風が吹いてゆけば　微かな白い層
月光が人をふらつかせる

富は磨《す》り砕いて均等な粉末をだす
空は冷たく　後退りすればするほど遠のき　塩辛くもあり渋くもある
ただ一つ高い場所に昇った硬貨はもうすぐ墜落しそうだし
逃亡者はあたり一面に白旗を振り回している

銀貨はすでに平価切り下げ　塩がすでに切り下げられているのに似ている
私は金銭の時代の裏面に立って
この無言劇がどのような結末になるのか見ている

私の光

今　私も小さな丸い光を取り出し
何の遠慮もしない
私の光もじゅうぶんに明るいのだ

つまり幾つかのものは仲間となったものだが
たとえば稲妻は
それは天上のもの
天は　絶えずその大きさによって私たちの小ささをからかう

そのマッチは
数十年の間　こんなふうにサッと擦るだけだった
不思議に明るいところで突然恥ずかしい気持ちが起って
跳び上がり

まだどうということないのにもう転げまわるのだった
自由気ままにきらめいてはならないと思うのだった
暗い場所の生き物は
やはり暗い場所にもどるでしょう

呉《ウウ》乙《イー》一《イー》

一九七八年九月生まれ。広東梅州人。華文青年詩人賞、紅い高粱詩歌賞受賞。出版詩集に『隠す術無し』、『もはや二度と戻らない』がある。

娘に植物を教える

雨水が帰郷してゆく方向に沿い　蜜蜂
ミミズの残す足跡に沿い
私は娘を連れながら幾つもの植物と知り合いになる

名前から始める　トマト、稲、トウガラシ、
空芯菜、ナスを覚えさせる
一日三食の食卓に現れる植物だ
私たちは当然の道理だと言わんばかりに
その色、花、果実を侵略し
その生命を消費し尽くす

葉を賃借りする貧しい身内のことをしっかり覚えよう
七星テントウムシ　カタツムリ　ホタル

枸杞《くこ》のことをしっかり覚えよう　身に帯びている刺は
痛みを連れてくるだろう
私たちの頭のてっぺん高くぶら下がる苦瓜が
解熱解毒薬の一服であることをしっかり覚えよう
時には　それこそが運命　生活
——全身の苦しさをきつく封じ込めて絶対に口を広げることがない

もしももっと多くの植物と知り合いになりたいというなら
私は三歳の娘がそれらに
新たに名前を付けることを望む　たとえば
——温かみ　たとえば幸せ　たとえば愛

白菊の花

姉の夫は椅子に丸く縮こまっていた　透析を終えたばかりの
三十五歳　彼は見るからに弱々しく　ぼんやりしていたが
額の上方の秋の陽射しをまくり上げ
眼差しがうまく柵を通り抜けて
帰宅する娘の身辺に直接落ち着けるようにと　試みていた

その季節　多くの事物が遅れまいと先を争ってやって来た
たとえば土塀の上に勢い盛んな黄梅
たとえば１７２３尿毒素　たとえば
萎縮して二つの空のマッチ箱となった腎臓
そして植えられた菊の花は　どれも雪のようにまばゆかった

雑誌『家庭』を愛読する姉は

ゆったりした動作で菊の花を摘む　彼女は私に言った
菊の花を陽に干したら
枕にしてあなたにあげる　不眠を治してくれるよ

庭は　鶏たちだけが歩き回っていた
私の手にあるデジカメが震え始めた
一ヶ月前だった気がする　姉の夫とその肉親の
震えだ　一つになって抱き合った　何憚《はばか》ることなく

姉の夫は言った　早く全部摘み取ってくれないか
もうすぐ僕があれらを残らず引っこ抜くことになるよ
見てくれよ　全部白い色だよ――
花輪の菊の花のようだよ！　とても縁起が悪いよ
「来年は紅い菊を植えます　大きくて紅いのを」

ガタンと音を立てて　七歳の姪が
柵を押し開けた　学校がひけて帰ってきたのだ　笑顔で

接ぎ木

一九九四年　父は兄弟三人のうちから私を選んで
自分の助手にした　すっかり年が改まると　父は柿の接ぎ木の
腕前を頼りに　村々を幾つもくまなく歩いて
朴訥《ぼくとつ》、不器用の人物像を一掃した
まるですくすく育って生きのいい稲穂のようで　力が満ち満ちていた

山道では　鋸はかさ張って重く　ノミは尖っていて
小道具はぶつかり合い　カラカラ音を立てた
私はヒョコヒョコ揺れる年若い行商人のように

慌ただしく後について行くのがやっとだった

通常　父は身体を曲げて
まるで私たち兄弟の成績表をチェックするように
野の柿の木を一本一本遠慮会釈なく見つめた
そうして　木の陰にはまり込み
雇い主がくれた煙草に火を点け　唇をパクパク動かして
幹に鋸を入れる　切り接ぎをするのだ　台木を裂く　接ぎ木をする
ビニールテープでグルグル包む
仕事はきっちりてきぱきと　一気呵成にやった
最後に　ポケットから丸薬を取り出し
指でつぶして　口に放り込み
それを噛みながら　蝋を焼いては切り口を封じ終えた
私は数日後には　いち早く接ぎ木の技を習得した

父に代わって村民のために柿の木に接ぎ木をした
そうして秋には　全県トップの成績で
農業学校に合格した　父の運命と希望は
同時に私の頭上に接ぎ木された

徐《シュー》敬《チン》亜《ヤァ》

詩人。一九四九年生まれ。批評家。著作に長詩『五体投地・ボゴダ山』、詩論『起ち上がる詩群』等がある。

吹き消される蝋燭

人が指を伸ばし　上に向ける　それは人差し指
爪の先に　竈《かまど》でパチパチ火がおこるように　いきなり炎がきらめく
ギンコウボクの花のような花弁が指の最先端に立つ　喫煙する人にはうれしい限りだ
世界最高のライター　随時点火　随時消火
その人が人差し指を回収する　部屋いっぱいの光明が半分暗くなる

それは私が撮ったばかりの
『炎の発生』という題名の映画
肉まんじゅうのような口が現れて　膨らんで　いきなり一息吹きかける
炎は　風のなかの長衫《ちょうさん》が吹かれて両側へ払われるように　小さく鋭く叫んで
平たくコブラの頭になったり　くねって赤いヒルになったりする
そのようにして数回だけまたたく　倒れる　消える

ひとすじの青い煙が　首を切られた場所から立ち昇る
煙がどこから出てくるのか誰に分かろう　炎は去ったばかり　煙はすぐさま現れる

まるで煙が炎を食べたかのよう　まるで煙が炎に取って代わったかのよう
その「何時《いつ》でも印」のライターは決して憂鬱にならない　煙は地団太踏んで
頭を天井にぶつけ　四散しながら舞い上がる

それはなんて素晴らしい染付け磁器なのだ　梅の瓶であったり　一対の扁壺《へんこ》であったり
瓷石が小波を十重二十重に回し　変幻自在のカオリンがぐるぐる回って輪の重なりになる
それは空に向かって流れる川　どのようにも流れ　どのようにも美しい
家に戻ろうとすればするほど　遠くへ流れる　どんなに呼びかけても　全く聞こえない

枕に散らばった髪

枕の上の髪　散らばっている　一本一本私の血肉の羽
あるいは私が飛び立ったばかりの時　とっくに抜け落ち始めていたのかも知れない
だが間もなく下り坂になる年頃になって　はじめて急にそれらを一本一本拾い上げるのだ

ケチな金持ちは数え切れないほど何度も白銀の数をあらためるけれども
もっと卓越した大物は　紛失した金貨に手を触れる方法を知らない――
私は何という運の良さ　毎日　深夜担当の強奪者のだぶだぶの大枕を
介して自分一人気楽に　理由もなく気力を萎えさせる権利をたっぷり享受する

一本、二本……みんな私だよ
みんな今まさに破損し失われる私の一部分だよ
紛れもない現場の証拠がはっきり示している　それらは昨日まだ私の身体の
最も高い端っこに存在していた　誰も手を伸ばして撫でまわそうとはしなかった

だがそれらは現在逆に　私の手の平が散らばるように
全権大使の担当となって　全世界を無闇やたらに撫でまわしているのだ
毎日平均二十四枚の羽の抜け落ちる白鳥もまだ
遥かな白鳥の湖へ飛んで帰ることができるのだろうか？　最後のそのいっとき
私は北京ダックのように　全身丸裸で下降するのだろうか？

怒る者をからかう秘伝

おまえは怒って　顔中真っ赤だ　まるで焼身する者がガソリンを
全身にまき散らしたかのようだ　このとき　マッチが現れてはならない
もう一方の声　おまえは真っ赤に燃え上がれ　血を全部火に変えよ
まず　この人間をしばらく燃えさせよ　少なくともガソリンを使い切れ

その後は　その腹の皮の膨らんだ蛙を　水のなかに投げ入れよ
彼の口のなかを見れば　気泡が一つ　また一つ浮かび上がる

その時　ツボに狙いを定めて　一太刀浴びせよ　余り力むな
蛙の腹の皮は　ダイエット薬を一錠飲むことができるだけだ

引き続き　必ず木切れのように　呆けていなければならない
その後は彼を見ていよ　見つめよ　彼も木切れに見えるようになるまで

おまえが苦労して育てる苗はもうすぐ芽を出すが　笑いだけが欠けている
その時は土を軟らかくすべきだ　余り面白くないユーモアでも　効果は充分だ

よろしい　私は「金―木―水―火―土」の秘訣を　すでに尽《ことごと》く伝授した
今は　はやくあの慌てふためく人間をたっぷりからかってやれ

謝《シエ》小《シアオ》霊《リン》

中国作家協会会員。一級作家。広東省作家協会詩歌創作委員会委員。雑誌『金土地』副主編。小説、散文、詩歌等の創作に従事。七冊の専門著作を出版。広東省詩歌賞（桂城杯）受賞。

偏見の持ち主

雀が顔を上げて空を
ちょっと見る
たちまち牡丹雪が舞い落ちる

それでよいのだ
雪は大地の戯言
私たちには必要なものだが
また真に必要だという訳ではない

こういう訳だから
私たちは雪の大地で草鞋を履く人を嘲笑ったりしない
「見渡す限り真っ白な大地はほんとうにきれいだ」
誰もこの幸福な戯言を

捨ててしまおうとは思わない

人は生れたら前後不覚なのだ

二十歳　ブルースに夢中だった
三十歳　民謡歌手をしていた
四十歳　薬に飴を加えた
五十歳　一杯のコーヒーと素顔で向き合っていた
六十歳　どんな匂いも容認することができる
私は贅沢な心配事を抱いている
私は時間を繰り上げて退席してはならない
私は踵《きびす》を返すや立ち去る人であってはならない

私が広々とした田野を行けば

山河はズタズタばらばら
心のなかの傷だけはこのように
すっかり出揃っている

カジノキの飛翔

身体つきはふくよかでも
標本の生命が
時空を通り抜けて復活する様子に
とてもよく似ている
見た目には腐乱したことがなくても
心の内はすでにガランとしている
私はおまえには見えない心に成長している
おまえには永遠に分からないだろう

そこにはかすかな木霊もなく
私は　おまえにも分かる羽に成長しつつあるけれども
それは私の飛ばないという願いだ
私はもう深いところから腐乱を出迎えない
おまえは私を愛せ　私が死んだ後まで愛せよ
おまえは私を標本にせよ
おまえの出会ったものは私の出会ったものより遥かに多い
私は　おまえの死ぬことのない思案と作り話だ
私には聞こえる　私のビロードのような鼻に沿って
おまえの真夜中の涙の流れ落ちるのが
にぎやかさも温もりも
私とは関わりがない
私はここに立っている
私が飛ぼうが飛ぶまいが
私とは関わりがない

天は私の身体を収容できない
私も大地の漆黒の前でどこかの鳥の巣に
帰ってゆくことはできない

謝《シエ》湘《シアン》南《ナン》

一九七四年湖南省耒陽市生まれ。一九九三年深圳に至り、出稼ぎ並びに詩作を行う。一九九七年『詩刊』社第十四回青春詩祭に参加。著作に詩集『午前零時の運搬工』、『アレルギー史』、『謝湘南詩選』、『深圳詩章』等がある。

都市と農村の間の線を行く

友よ　このタイトルを書いて僕はたちまち後悔した
僕は自分自身およびこの題名によってミスリードされるだろう
これはとても象徴性と強烈な抒情味を備えた題名だ
現在僕は車とホコリに向き合ってどのように気持ちを述べるのだろう？
僕はいったい都市と農村にどんな奥深い意味を付与できるというのだろう？
たとえば僕が現在居住する都市の深圳
僕が生れたところの湖南省の羅渡村
そうなのだ　それらの間に確実にある線は　とても長いもしくはとても広い
だがそれは見えない線だ　空っぽなのだ　たとえ千本万本でも
何度となく生れた小さな村から深圳へ駆けつける
何度となくまた深圳から僕の小さな村へもどる
友よ　僕がどんな線の上を歩いているのか　僕に教えられるか？
僕がこの線の上でいったい何を見つけるのか　君は僕に教えられるか？

友よ　僕は何も見つけ出していない　僕は居眠りしたいだけだ

絶望の舞台セット

その舞台セットを取り壊せ
その顔の　こわばる笑窪と
泥の流出のように積み重なる涙の痕を　取り壊せ……

それは長年の舞台セット
それは舞台上空に静止する舞台セット
それは影と形が一つまた一つ加わってきた舞台セット
それは暗く透きとおった屏風の内部の舞台セット
それは指で弾いてホコリを飛ばす舞台セット
計算してやりようのないホコリは　僕のズボンにくっ付き

僕の靴に落ちる
僕は帽子をかぶっていなくて　髪と顔は同様に
ホコリだらけだ
何年も経ってからのこと　現在だからこそ
僕はここへ来て仕事をする　汚れ
乱れた舞台裏
ナイロン靴下には咳《せき》が混ざっている
炎熱は身体に滞り
いっぱい積み重なる骨組の木、玩具の銃
ビニール人形、壊れた電球、断ち切られた電線
ごつごつのロープ、紅旗、バッジ、空っぽの
ミネラルウォーター瓶、張替え用色紙、雑巾、かつら
破れ提灯、格好のまちまちな鉄の輪、風変りな
押しボタン、発泡スチロールの作業台（ベッドのようだ）、ズレ落ちた鈎《かぎ》
銅製の防護マスク、ばかでかい帽子、ニッケルメッキの四角い枠組み

僕はここに来て　仕事をする
アスファルトと同じような黒いキーが
上ってゆく鋼鉄線のような梯子を踏みしめ
劇場の架空橋で　眺め、立っている

―

深圳に葬られた娘

仙桃　重慶　長沙　新興　寧波　安徽　河南……
君たちはそれぞれに原籍を持っている
君たちは別々のところに生まれたが　期せずして同じように
この地へやって来た　ガジュマル　キワタノキ　レイシが育ち
三角梅　タビビトノキ　ビジョザクラ　レモンユーカリの
育つ地へやって来た　生命の

別の始まりの地にやって来た

君たちがどのように生活してきたか　どのような気持ちで
ここの土地に飛び込んだのか　誰も知らない
このとき君たちは微笑むことによって
静かに墓碑に立っている
それは凝固した光と影
太陽も避けている鬼火たちだ

君たちの身体は　活気に満ちた流れとなっていた
かつてはこの都市の大通り・横町をひっきりなしに往来していた
縫製工場　玩具工場　電子部品工場　カウンター前　オフィスビルのなかの
人の心を震えさせる空気
君たちはもしかして丸々一日休日出勤したことがあるかも知れない
もしかして出稼ぎ者の集まり住む街の階段で　自身の恋人と

熱いキスを交わしたことがあるかも知れない
夜勤明けの食堂街でスウィーツ　ピリ辛スープを求めて
曲りくねった胃腸を慰めたのだった
このとき君たちの耳元に響いていたのは工事現場の杭打ちの音であり
ひっきりなしに押し寄せて流れ過ぎる車輪だった

数珠はそれぞれの昼と夜へと転がり入った
青春は不意に停止した
生命の目盛りは都市の目盛り板上に終点を得たのだった
火のような情熱は君たちとは縁のないものになった
叶っただろう君の理想は君の姿とともにぼやけてしまった
君には終わっていない悩み事がまだあったか

都市の灯りが身内になれるだろう者を見つめている
このとき君たちは真に亜熱帯の植物になるのだ

都市の外縁で
夜露と友になる　あるいは
夜には都市の上空へやって来て散歩できるかも知れない
だがこの都市はもう君のことを見分けられない
そのクリーム色のスカート　三回水洗いして
もう汗臭くないへアピン

葉《イエ》耳《アル》

詩人。小説家。作品は『人民文学』、『中国作家』、『大家』、『作品』、『詩刊』等の刊行物に見え、何篇かの作品は『二十一世紀文学大系』等のアンソロジーに入集。深圳青年文学賞、第三回広東省有為文学賞短編小説賞を受賞。

断章

田舎町を通過するたびに
わけも分からず菜の花のことを思い浮かべる
田舎のこと湖南西南地方のことが思い浮かんでくる

彼女たちは作物の誠実さを真似て
万馬が一斉に駆けるような勢いで田畑を耕作し
黙々と黄金の汗を滴らせている

本当は非正規の期間を幾つも体験したり
言葉にできない辛い一下りを読んだりしたので
何処へ行っても　その度に身体は言葉がわかるのだ

建築工事現場で臨時工をする三人の兄さんが

それぞれ私の泊っている所にやって来た
セメントだらけの跳びはねる声が
工事現場のやかましいミキサーのようだ
我々の四方山話はもっぱら方言を使い
食糧のこととかそれから私の茶碗のなかの愛に及ぶ

父は我らの南向きの山の斜面に暮らしている
そして我々もゆっくり年老いてゆく

新沙路492号

ある日私はそこ新沙路492号で
故郷を失ってしまった　活気みなぎるその田舎町は
私が自分の口から言うときは——沙井

そう　沙井だ　この愛着をどうしたらいいか分からない
故郷と呼んでもよいこの場所への賛美を
どう仕上げたらいいか
私の住所と身分はすでに　その見知らぬ母親によって
書き換えられている

私の彼女よ
私は新沙路４９２号に
一生の台所と食事を備蓄する
食事の準備をしながら愛と食糧を栽培する
暗い夜のなかの汗と咳を

ある同郷人

彼はある印刷工場で働いている
私の小学校の同級生だ
私たちは雑貨店内に腰掛けて
炭酸飲料「美津」を飲む
こういうものを飲んだことのある人なら
必ず異郷の路上で少なからぬ苦しみを味わったことだろう
彼は印刷工場に何年も留まっている
恋人が見つかったらその時にやっとそこを離れるのだ
私と同郷人は残業後の夜に
テーブルで隔てられているだけの南方の地に腰を掛け
一つ三元の焼春雨
一皿二元のタニシ炒め
そして小皿の一元の落花生を肴に添えて

ビールを飲んだり　故郷の品定めをしたりするのだ

張《チャン》 況《クアン》

一九七一年広東五華生まれ。歴史長詩『大秦帝国史詩』等三十一冊を出版。中国作家協会会員。中国詩歌学会理事。広東省作家協会主席団成員ならびに詩歌創作委員会副主任。佛山市作家協会主席。

光福①で梅花を愛でる

瑞雪《ずいせつ》未だ晴れないのに
梅花の芯は粧いの登場を迫られぐずぐずしていられない
無数の枝でわれ遅れじと先を争い袖先の白の薄絹の香りを振り広げる
空いっぱいに舞い踊る寒さを　一歩一歩絶境に追いつめ
あらゆる香りが　海の深みへ姿を隠したら
香しい雪の海の一代の風光が出現するのだ

ああ！香しい雪は海のごとし
海と空は茫漠として限りなく
「空即是色」②だが「色」は決して空ではありえない
香しい雪の海で梅花を愛でれば　あらゆる波音は
俗世の香しさに誘われて　ひとつひとつ制圧され
最後には梅花のスカートのもとにひれ伏すべき運命になっている

太湖は縮小版の海　あらゆる梅の木は
香しい雪の海を奉げ持ち　思いのままに一振りすれば
それは千年不滅の吉兆たる天からの光だ

疑いもなく　光福は独自の大系を自ら作りあげた官能の海
光福のキラメキはかくも大きく活き活きし　大地を明るく照らす暖かい
陽射しは半島を　長い時を経た弓のような　申し分のないアーチ形にしている
それは気ままにどれか一枝の春の兆しに乗り込む
どれも彼岸に向けて射られた吉祥だ

①光福＝江蘇省蘇州市の太湖畔の光福古鎮。
②空即是色、「色」＝玄侑宗久は『現代語訳般若心経』（ちくま新書）で、「空即是色」を「自性がなく縁起するからこそ物質的現象が成り立つ」と訳し、「色」を、「六境と六根が出逢い、感覚器と脳とで把握した現象のことです」と解説している。なお「自性」は「固定的実体」のことである。

梅姉妹

葉梅、直角梅、緑萼梅、照水梅が
紅梅、洒金梅、宮粉梅、玉蝶梅と手に手を取って
ゆるりゆるり人の世を通過してゆく　合唱を拒絶するその姉妹は
百花の視線から跳び出て　高貴を収蔵する天地のために
世俗とは全く異なるきっぱりとした香りを撒く

光福で梅を愛で　私は手に入れたものを失くしたように顔中茫然
私のような〈色〉好みには　見える景色は全て梅が死を悼んでいるのだ
仰ぎ見るべきだ　そうすれば無に近い人知れぬその香りを幸運にも嗅ぐことができる
しかも香りは　一種の魅惑
形を持たないというのに　いよいよ明瞭に厳粛、空漠
姉妹たちの出身はそれぞれ異なり　原籍は同じでなくても
整列しさえすれば　それだけでもうおそろいの姿の女子チームの風情をしている

白を背景にした梅姉妹の晴れ姿が　教科書という仏門に入るなら
彼女たちの皇后のようにゆったりとした科目は
出家して尼になるというのが今最もふさわしいと思う

巴山の夜雨①

目の前の小雨は
疑いなく巴山の秋を愛でる図にこっそり隠された部分だ
それは私が前世で李商隠に予約しておいた晩唐における別離の愁いだ
ちょうどそういう時　私はそれを主軸として
今日訪れる舒婷傅天琳西娃②たちに絹織物を編んであげよう
私と葉延濱臧棣祁人李元勝③たちに
美酒をひと甕醸してあげて
痛飲しよう

巴山の夜雨　それは山河のミスによる印刷のダブリが
千年余り後になっても　収集保存の価値を最もよく具えているという証拠なのだった
それはあんなにもしとしと降るのだ　それはカウントダウンする振り子
歴史の傷口に対するツッコミとすすぎ洗い

李商隠の心がもっと細やかだったとしても　彼は知る由もなかっただろう
そこが意外や後になって古来の解放区になるとは
また当然知る由もなかった　そこの一切が
後からの紅い雨によって
すでに徹底的に洗い流されていることも

秋の池はまたきっと漲る
私にははっきりしている
私の帰る期日は
ちょうど明日だ

①巴山の夜雨＝晩唐の詩人である李商隠（八一二～八五八）の七言絶句「夜雨北に寄す」の承句に、「巴山の夜雨　秋池に漲る」とある。
②舒婷傅天琳西娃　＝三人の詩人名。舒婷、傅天琳、西娃。
③葉延濱臧棣祁人李元勝＝四人の詩人名。葉延濱、臧棣、祁人、李元勝。

広東文学叢書「詩は世につれ……」　竹内新

三十四名の広東詩人の、それぞれに選ばれた三～四篇を訳した。楊克には既に『楊克詩選』（二〇一七年・思潮社）があり、鄭小瓊、従容は既にそれぞれ数篇を訳しており、今回主にそれを使った。他の三十一名は初訳である。各プロフィールは必ずしも統一的なものではなく、それぞれの詩人のスタンスを反映したものになっている。

広東は、地理的には、広大な内陸を後ろにひかえ、海に面して東南アジアや遠くハワイにつながり、広東語を話す華僑のふるさとであり、他省や国外との、人や資本の往来が盛んな地である。孫文は香山県（後に中山県）に生まれ、ハワイや香港で学んでいる。歴史的には、林則徐と阿片戦争を抜きにしては考えられない。その結果の香港である。その未来へのものがきから目が離せなくなっている。

それ以上の知識が訳者にある訳ではない。地図や観光案内で得た多少の知識はある。「広州公易会」という言葉も知っている。ずいぶん昔の八〇年代初頭、春節の頃に訪れた広州で見た鉢植えの金柑の色は覚えている。新興のＩＴ企業のことはニュースで聞いている。

しかし、私の知識は雑多とも言えないほどの、少量で断片的なものだ。しかも、言葉（抽象的なものも含めて）が生き生きと往来する時空についての知識なのではない。

　ほとんどの詩人は、プロフィールの確認も初対面の握手も抜きで、いきなり詩作品と対面することとなった。だから極端なことを言えば、一〇〇年前の詩作品が紛れ込んでいたとしても、私は当代の詩だと思って、戸惑いながらも現代広東を思い浮かべながら訳したことだろう。どの時代も常に変化の中にあるのだ。繰り返し読むうちに、自分自身の感覚や思考と重なり合う部分が見つかったように思えてきて、未だ見ぬ作者と共同作業をしているように感じられる一幕もあった。しかし一方、難渋してなかなか詩のなかへ入ってゆけないこともあり、そのときは、自分の非力は自覚しつつ、自分が言葉の現場を踏んでいれば解決することかも知れないのにと思ったりした。言葉の現場とは生活のことであり、世の中の一角のことである。世の中とは、あらゆる生活の総体だと言ってもいい。書かれた言葉が生きるのもそこであり、そこでは、一度死んだ言葉が生き返ることだってある。私はまず詩のなかへ入り、そこから現代広東の生活を垣間見ることとなり、詩人との対話の糸口が得られたのだった。

「歌は世につれ、世は歌につれ」という言葉を実感する作業だった。対面した詩群には

「歌は世につれ」つまり「詩は世につれ」がよく示されていて、多くの詩篇には現代の広東に働き、生活する人の生活や感情や思いが内包されていると思った。「世」と隔絶した詩、或いは「時代」の外に出た詩というものが存在するのは困難だという思いを新たにもした。反俗と言っても、超俗と言っても、「俗」からは逃れられない。詩は「世」の中にあり、「世」の移り変わりの中で創作され、「世」に差し出されている。そうなれば、たとえ一〇〇年前の詩が紛れ込んでいたとしても、訳者はやはりどこかで、何か違うなと気付くことだろう。勿論、どちらの詩の内側にも、いつの世にも変わらないもの、「世」との緊張関係、詩人の詩精神が内包されているというのは論を待たない。だから、詩は生き続けることが可能なのだ。

　中国のなかでもとりわけ広東は、ずいぶん前から新しい時代の波が押し寄せ、人々は否応なくそれに対応していかなければならなかったと思う。広東という空間に百年という時間軸を当てはめるとき、二十世紀九〇年代からの三十年間は、訳者が抱いていたイメージを大きく変える時代だったのだろう。「世」の移り変わりが激しければ、時代は一年ごとに新しく、光と影が目まぐるしく交錯する。その間、詩人は光のなかにも影を感知し、影のなかにも光を見出しているように思われる。輝きは影を照らすけれども、人の内面に宿る影――悲哀は消せない。影は輝きを覆うけれども、輝きの残像は人の内面に残り続ける。影は内に隠れ続けるものであり、輝きは後になってから懐かしむというものだろう。

時代が変貌するということは、言葉も（まずは表層から？）変化するということだ。新旧の交錯、軋轢、交代は日常茶飯のことになる。それに加えて、他の省からやって来た詩人は、故郷と新しい土地、故郷の言葉と新しい土地の言葉を持つことになる。ことは詩人だけに限らないけれども、これから何年もかかって広東の「世」の一員になってゆくだろうし、なかにはUターンする人もいるだろう。その間に、詩人たちからどのような言葉が紡ぎ出されるのか気になるところだ。その過程が広東の文学活動にエネルギーをもたらすことは間違いない。その変遷の跡は、きっと誰かの手によって辿られることになるのだと思うけれども、このアンソロジーがその一助となれば幸いである。そして、「世は詩につれ」（例えば、時代の行方を捉えていた）と言えるような部分が見つかればより幸いである。

なお、この「時計工場」の上梓にあたり、みらいパブリッシングの小柴康利さんには大変お世話になった。ここにお礼を申し述べたい。

訳者

竹内新 たけうち・しん

1947年、愛知県生まれ。名古屋大学文学部で中国文学を専攻。1980年から82年にかけて、中国の吉林大学外文系で日本語講師。詩集に『歳月』、『樹木接近』、『果実集』（第55回中日詩賞）があり、訳詩集に『麦城詩選』、『田禾詩選』、『楊克詩選』、閻志『少年の詩』、『西川詩選』、『梅爾詩選』駱英『都市流浪集』、『第九夜』、『文革記憶』等がある。

企画

田原 ティエン・ユアン

1965年、中国河南省出身。立命館大学大学院文学研究科日本文学博士。

現在城西国際大学で教鞭をとる。主な著書に中国語詩集『田原詩選』、『夢蛇』など。『Beijin-Tokyo Poems Composition』（中英対訳）、日本語詩集『そうして岸が誕生した』、『石の記憶』、『夢の蛇』、『田原詩集』など。翻訳書に『谷川俊太郎詩選』（中国語訳21冊）、『辻井喬詩選集』、『高橋睦郎詩選集』、『金子美鈴全集』、『人間失格』、『松尾芭蕉俳句選』など。編著『谷川俊太郎詩選集1～4巻』（集英社文庫）、博士論文集『谷川俊太郎論』（岩波書店）などがある。2001年第1回留学生文学賞大賞を受賞。2010年第60回H氏賞を受賞。2013年第10回上海文学賞を受賞。2015年海外華人傑出詩人賞、2017年台湾太平洋第一回翻訳賞、2019年第四回中国長編詩賞など。ほかにモンゴル版、韓国語版の詩選集が海外で出版されている。

時《と》計《けい》工《こう》場《じょう》

シリーズ現代中国文学《げんだいちゅうごくぶんがく》　詩《し》　～中国《ちゅうごく》のいまは広東《かんとん》から～

2020年10月18日　初版第1刷

訳　者　竹内新

企　画　田原（ティエン　ユアン）

著　者　陳会玲　馮娜　方舟　郭金牛　黄礼孩　盧衛平　世賓　唐不遇
楊克　鄭小瓊　阿翔　呂布布　林馥娜　藍紫　阮雪芳　舒丹丹　沈魚
唐徳亮　遠人　丫丫　游子衿　張爾　池沫樹　陳計会　従容　老刀
李衛夏　王小妮　呉乙一　徐敬亜　謝小霊　謝湘南　葉耳　張況

発行人　松崎義行

発　行　みらいパブリッシング
〒166-0003 東京都杉並区高円寺南4-26-12 福丸ビル6F
TEL 03-5913-8611　FAX 03-5913-8011
HP https://miraipub.jp　MAIL info@miraipub.jp

編　集　谷郁雄　小柴康利

カバー写真　baomei

ブックデザイン　洪十六

発　売　星雲社（共同出版社・流通責任出版社）
〒112-0005 東京都文京区水道1-3-30
TEL 03-3868-3275　FAX 03-3868-6588

印刷・製本　株式会社上野印刷所

ISBN978-4-434-28057-3 C0098